Joahrlauf

Gedichte in steirischer Mundart

Stocker

HANS KLOEPFER

Joahrlauf

GEDICHTE IN STEIRISCHER MUNDART

MIT HOLZSCHNITTEN VON
ERNST VON DOMBROWSKI

LEOPOLD STOCKER VERLAG
GRAZ-STUTTGART

Unveränderter Abdruck der Mundartgedichte aus der
dreibändigen Ausgabe der Werke Hans Kloepfers,
herausgegeben von Dr. Wilhelm Danhofer,
Verlag der Alpenland-Buchhandlung, Graz 1967.

ISBN 3-7020-0867-5

Gesamtherstellung: Gorenjski tisk, Kranj, Slowenien

JOAHRLAUF

Joahrlauf

A Wasserl is gsprungen,
a Vögerl hat gsungen,
a Deandl hot glocht —
das Fruahjoahr hot's gmocht.

Hellgrean woar die Olm,
und Nest baut ham d' Schwolm,
— hot a Gongstiagerl krocht
in da Sunnawendnocht.

Das Wieserl woar gmaaht
und 's Winterkorn gsaat
und die Schwolm san furt
— so vor Maria Geburt.

Zan Advent woar's vaschniebm,
is a Deanderl vabliebm
in da Keuschn am Roan
muattaseelnalloan.

Hot Pfoadala gsamt
und so intadrein tramt,
wia hell und wia woarm,
und wia still und wia oarm —

— und do wia wunderlifein
so a Joahr net kann sein!

Fasching

Da Schnee schiaßt vun Giebl, es dahmt nochn Doch,
da Jauk frißt die Gwahdnan, die Steig brechnt noch,
vorn Kirchnwirt steig schon die Blechmusi o,
heut Nocht wird's no lusti, da Foschan is do!

Da Sol obm sauba mit Grassi ausziert,
da Tanzbodn schwinki, die Musi schöa gschmiert,
und schun sand sie mittn in Steirischn drein
mit jauzn und singan und tretn und schrein.

I steh in da Finsta vorn Wirtshaus alloan,
han drobm bei den Golsterwerch weita nix z' toan,
i net und sie a net, döi sider a Zeit
vun olln auf da Welt mi as mehrastn gfreut!

Und so gehri den Weg, wiar i'n oft scha bin gong
bei Tog und Nocht, und koa Zeit wird mir z' long.
Da Wind trogt die Musi bis einar in Grobm,
und so konn i mei hoamlani Lustboarkeit hobm.

Bis die hoamlani laut wird zan holbm April,
wann i keck noch da Fostn vullbring, was i will:
nocha Spielleut, mügs geignan oan her und oan hin
für mi und mei saubari Hoazeitarin!

Oba hiaz dawal, frali, san die Oastern no weit,
as Manad is obi, der Eulkota schreit,
as Fenstal is finsta durt drobers 'n Boch,
i geh liaba hoam heut — die Steig brechnt noch —

Fruahjoahr

Wann da Jauk so wie heunt
vun dar Olm aussakimmb,
wia vun Ofn so woarm,
und die Schneegwahdnan nimmb
und da Boch daherrauscht
in die kuhlschwoarzi Nocht
und da Sengshomma timmlt
und der Eulkota locht —
meld't si 's Fruahjoahr in Bluat,
auf da Stell muaß i fuat,
und da Teufl voran
zoag mir 's Gangsteigl an.

Kloani Sagmülladirn,
mit neun Rigl und Gsperr
konnst dei Kammerl vaspirrn,
i bin s' ollizom Herr.
Wia da Moda so still
spring i her durch die Ast,
wia mi heunt 's Lebm gfreut,
kunnt's scha sein, doß mir paßt;
doß mir paßt, doß i kimm,
doß i 's Loatali nimm,
und juchauf nochanond
in dein ledign Stond!

Kloani Sagmülladirn,
heunt konnst 's Kammerl vaspirrn
mit neun Rigl und Gsperr,
i bin s' allizom Herr;
hilft koa Weichbrunn, koa Betn,
geht da Teufl um nötn
mit da brinnatn Gluat,
meld't si 's Fruahjoahr in Bluat!

Josefitog

Die Olm wird scha gscheckat, da Karntnawind waaht,
brinnroat is da Himml und die Nocht kimmb scha stad;
die Schneewossa läutn, a Sog schreit in Grobm,
in Feichtnschopf streitn um Hirberg die Robm.
Tiaf inta da Bruggn schiaßt 's Wossa getol,
hoch obm am Roa geht a Liachtl in Stoll.
A Schuß und a Jauza ins Zwöllma hint weit,
so meld't si die lustigi Hahnjagazeit.
Und wo's so an Jauza zan Kammerl hersaat,
is koa Deandl, das schloft, wonn da Karntnawind waaht.
Und so lauschi kam 's Fruahjoahr, so lusti und rein,
— — wonn 's Jungsein, wonn 's Jungsein no oamol
kunnt sein!

Osternacht

A Weinrebmfeuer in Sulmtol — so rein
und so hoach kann net leicht wo a Frohfeuer sein;
und wann's vun die Pöller so umadum krocht,
und weitum das Jauzn in die kuhlschwoarzi Nocht —
da woaß i ma heut no nix, wos mi so gfreut,
und so sitz i am Kogl und schau in die Weit,
wia, völli scha intas da Prentlolm hint,
noch an oanletzis Feuerl ban Winklmoar brinnt.
Und gedenk Immeroani, döi lüfti und jung
vor Zeitn mit mir übers Feuerl is gsprung;
und wachl no oamol hellauf mitn Huat
inta d' schneeweißn Aschn die brinnroati Gluat.
Und woart in da Still und schau obi auf d' Welt,
bis bold nochn Grabwern sie 's Roatkröpferl meld't
und die Sunn aufakimmb und i's froh han dafoahrn,
daß no ollimol wieda Oastersunnta is woarn!

Hahnmorgen

Um vieri in d' Fruah
hot a Hohnjaga gjuzt,
und i hon's bei da Jula
erst no net datrutzt.

Spring üban Steg obi
und noch da Schneid fuat,
steckt da Jaga sein Schützn
grod 'n Bruch aufn Huat.

Steckt 'n Bruch aufn Huat
und 'n Zechnar in Sock,
— und i han kinnt schaun,
wiar i 'n Weg no dapock.

'n Weg no dapock
und zan Fuattan zrecht kimm,
und stotts an fein Stutzerl
mein Goaslstiel nimm.

Auf so a zniachts Deandl
bin i weita net on,
vieltausendmol liaba
valous i an Hohn.

Valous i an Hohn
und han weita koa Gspött,
und wann der si net meld't,
na, so tuat si's holt net.

Herentgegn bei da Jula,
und wann sa si tat,
wia leicht hätt a Ondra
as Wieserl scha gmaht.

As Wieserl scha gmaht
und waar gong seini Weg,
und i kunnt sei Heu einführn
üban Kirchsteg!

Na, na, sebi net,
und guggu und dodo,
und morgn scha gwinn is
an Spielhandl o!

Mai

Kimm i auffi auf d' Schneid,
Bua, do jauz i so weit,
doß mei Deandl in Grobm
an Spektifi möcht hobm.

San die Krah inta mir,
stehn die Bam in da Blüah,
schaut 'n Plotzwirt sei Haus
wiar a Hulzblöcherl aus.

Und sei Mühl und sei Sog
und sei Wiahr und sein Schlog
und sei Weitschaft allsant
deck i zua mit da Hand.

Is die Welt vulla Sunn
und mei Herz wiar a Brunn,
draus die Freud übas Deanderl springg,
dos i hon gwunn!

Voda Plotzwirt meimein,
's holbi Dörfl is dein,
just dei blowaugats Veverl, sixt,
dos just ghört mein.

Ghört mein und bleibb mein
und sist follt ma nix ein
als wiar i und dudu
und mein Juhuhuhu!

Sunnta

Uibas Fronzbauan Acka blüahn die Kerschbama her,
i spring üban Zaun, an kloan Hahn üban Gwehr,
's Zsammläutn hört ma von Edlschrott drunt,
so a Sunnta in Mai is ma seltn vagunnt.

Bei 's Fronzbauan Sepherl gehr i sist net leicht für
— mir scheint, grod hot s' füragspächt hinta da Tür —
„Na, grüaß di Gott, Sepha, schau on hiaz dein Herrn!
Wos? Du hätt'st net dawal und i sullt mi rund schern?
Sullt ins Amt liaba springen und wos i do wullt?
Jo, du wunnaliabs Deandl, wonn ma tat, wos ma s u l l t,
kinnt unsaroans leicht trutz an geistlanan Herrn
am helliachtn Werchtog a Haliga wern;
und stangat im Himmel mit gschneggerlti Hoar
wia da haligi Rochus ban Seitnoltoar.
Oba wer hätt denn nocha dei Nahtrücherl gmocht,
wer kam denn dann fensterln am Somstog auf d' Nocht,
wer hätt denn dir nocha, wia hiatzn akrat,
übas blüahfrische Goscherl die Busserl hergsaat,
so fleißi und gschmeidi — hob still! — und so guat,
wia's 'n gonzn Himml aus dir koa Halana tuat?
I brauch in koa Fruahamt, ma konn a herobm
unsan Herrgott seini Werka begreifn und lobm.
Wos rafflt am Bodn? Dei Muatta! Na schnell!
No gschwind an kloan Segn und fuat auf da Stell!
Mei Ahnl hot net umsist gsogg scha vor Joahrn:
‚Andächti ban Amt hilft die Predi daspoarn!!' "

Olmfoahrn

Vor Summajohanni oft mittn in da Nocht
hörst a Gläut durchn Moarkt, dos di auflosn mocht;
Do foahrn s' mit die Oxn und Küahlan und Kolm,
wal's inta Tag z' hoaß is, bei da Nocht in die Olm.
Dos glungazt so gmüatli und durchanond fuat,
grod, doß oamal Oana hint dreinjauzn tuat.
Voran geht die Gloggnkuah wultern alloan,
döi trenzt ba koan Brünndl und rupft ba koan Roan,
on an hondbroatn Ream hot s' die Gloggn umgschnollt,
döi longsom und tiaf wiar a Sterzhefn hollt.
Und hintnnoch zottlt schöa friedli da Schock,
und zlest no da Stier mitn Holta sein Rock.
Und so still is die Nocht, und so schöan is die Zeit,
— weit eini in Grobm no hört ma dos Gläut.

Und i sitz in mein Kammerl auf intas 'n Doch
und wißt ma nix Liabas, wie rund hintnnoch;
noch hintan liabm Viech und fuataus nochn Wold
und üba die Leitn bis eini in d' Holt.
Und die Sunn kamat füra, die Vögerl hebmt an,
und olls lobb sein Herrgott, so vill, ols as kann.
Wia woar net dos Olmfoahrn in Summa mei Freud,
bis i neama hon mitmöcht und gstarr woar wia heut.
Oba betn a Gsetzl is do net vawiahrt,
zan hallan Lenhardi, doß jo nix possiert,
koa Blitz und koa Rauschbrond, koa Windbruch in Wold,
und doß jo koa Stückl vun Wandl ofollt.
Oba Menschn und Viech gleicht ma weita net z'somm,
und so roat i holt long no dahin in Gottsnomm,
bis die Schwalberl scha zwiagazn und i auf d' lest
starr aufkralln tua aus mein strebanan Nest;
und geh, wann die Hohnan scha umadum krahn,
still außi aufs Angerl — mei Saufuatta maahn —.

Hirbst

Heut is da Himml still und grab —
longsom follt 's roati buachni Lab
ins nossi Gros, und dann und wann
klockt tiaf a großi Windmühl an.
Die Olm hot's üba Nocht vaschniebm,
koa Vögerl is in Feld vabliebm,
nur d' Moasn ruafn si — holt jo —
nutzt nix, da spoti Hirbst is do!

Weit draußt in Lond scheint dann und wann
die Sunn grod auf a Fleckerl an.
Durt steht a Schlößl hell in Liacht,
doß ma die Fensta glitzn siacht.
Durt hon i olsa junga deant
und um a Deandl trutzt und gheant
und gjauzt und grafft und Briaferl gschriebm
— woaß net, wo s' eppa is vabliebm —

Heut gehr i ols an olta Stock
um auf da Weid in zniachtn Rock
und waar ols Bauernknecht und krump
hoach angsegn — wiar a Stroßnlump!
Die Finsternuß gaant aus 'n Wold
und von der Olm her waaht's scha kolt,
die Windmühl tuat auf oamol still,
— gach kimb da Winta — wia Gott will —.

Allerseelen

Heut bin i zan Ollasellnfest
wieder oamol mit olli in Freithof drein gwest;
kimm sist net leicht oba, da Grund loßt koa Zeit,
und han do herint meini liabastn Leut;
und gedenk ihra oft inta d' Orbat no gern,
wann i den oder den wieder redn kunnt hörn.
Vun mein Weib und die Kinna is weiter nix z'redn,
unsa Herrgott woaß eh, wos sie olls mir san gwäin,
und sist braucht's neamd z' wissn und frogg a net noch,
hot eh jeder selba sei Sorg intan Doch.
Und so gehr i alloa hintan gonzn Schock drein
und suach den und den hoam, der no heut kinnat sein.
Unsa Pfoarr is mehr kloa und mir san net vill do,
oba wo net vill Leut san, geht a jeder groß o;
hostn braucht oda net, jo, du woarstn scha gwohnt,
und „Wia geht's?" hot ma gfrogg und „Pfüat God mitanond!"
Do glei bei da Mauer, mei Nochbar, a Monn!
Wia leicht hant mir zwoa mitanonda net ton!
Und imma vull Sprüch und vull hoamlana Lust,
doß i heut no koan bessern Kumaratn mir wußt.
Glei nebm, die Gollwastlin, döi neidige Wabm,
hot wölln koan Kinderl an Apferl dalabm;
und na Hodar und Streit, wo sie fürgongan is,
döi lost wull, Gott tröast sie, in Fegfuia gwiß.
Und durt die kloa Liserl, koa Kranzerl, koa Liacht,
wos hot si döi net vor mein Waltl oft gfürcht!
A dreijahrigs Deanal, und kunnt no leicht lebm,
wann die Ahnl, die olti, mehr Ochtan hiat gebm:
üba d' Kellerstiagn gschossn, und olls woar dawiahrt,
han's selm vor a Stund no zan Kaiberlschaun gführt.
Und da Bochgregalenz durt mit oll seina Gicht,
der wird wull hoart aufkralln zan Jüngstn Gericht.

Und da Schnopsbrennamirtl, gonz hintn in Grobm,
wird leicht no in Himml sein Foßgruchn hobm,
— oda hot's 'n wull ausbrennt scha drunt in da Höll? —
der woar dir, in Gottsnamm, a hautschlechta Gsell.
Und da Stoan vun Stegmülla, ban Bedlanaz nebm,
und auf und auf vull vun sein wultatan Lebm!
Und woar do sei Lebtog so geizi und sper,
jo, da Stoan is geduldi, oba d' Leut wissnt mehr —
So liegn s' heut still nebmanond, meini Freund,
obar immaroan Onnan war i heut no bold Feind.

Der Nepl schleicht eina vun Grobm in da Ghoam,
es wird scha bold finsta, i geh liaba hoam,
hon eh noch da Leitn guat onnatholb Stund
bis hint zu mein Keuscherl und oarmsalan Grund.
Leicht bleibb mir da Weg übers Joahr scha daspoart,
wann i still in da Reih schun aufs Auferstehn woart.
Und seltsom, wia weani grod heut dos oan tuat,
wann's hiasat gach: „Auf, und in d' Ewigkeit fuat!"
Und hör i spot obms vun Dörfl no 's Gläut
a Stund long, so hon i zan Betn schöa Zeit
und waar auf amol bold zan Pfüatigott gstellt,
so nochand ban Herrgott, so weit vun da Welt!

's Grasschnoattn

So nach Ollahalan kimmb immar a Zeit,
wo mi völli bold wieda as Grasschnoattn gfreut.
In Wold wolg da Nepl, da Himml is grab,
ban Boch trotzt da Fux intan nußbaman Lab.
Die Steigeisn angreamt, as Hackl in Guat,
krall i eini in d' Feichtn und nochanond fuat.
Oan Astl ums onna wix i oba vun Stomm,
doß ma heut übas Joahr no wos einz'straan homm.

Die Moasn und Finkn, döi wunnan si gwiß,
wos dos heut für a endslonka Bamhackl is,
und die Kraah in da Leitn, döi schwoaman und schrein,
doß um senari Nest so a Unruah derft sein.
Uma fünfi wird's finsta, ban Zenz homms scha Liacht,
— wo mi a wiedar Oani so ungern net siacht!
Und jauz i hell üba, so wunnan si d' Leut,
wiar oan hoach in da Feichtn as Lebm so gfreut.
Jo, 's Lebn so gfreut — wonn heut Somstanocht is!
Und glei nochn Fuattan, da rippl i mas Gfries
und die Händ intan Brunntrog fein sauba vun Pech
und schleich mi stad umi zan Zenz auf da Höch.
Is a kuhlschwoarza Koter in sponnlonkn Gros,
oba 's Kammerl hintaus, jo wia hoamli is dos!
Is so fein und so kloan wiar a Schlagl aufgricht,
hot koa Riegerl, koa Schlößl, koa Türanglgwicht;
stotts an Nußkern, an süaßn, spächt a Deandl vun Gang
no host net recht gwischplt, hot's di richti scha gfang!
— Und no intan Holsn hot's kudert und glocht,
wos ihr 's Grasschnoattn hot für an Pechvogl brocht!

Schnee

A schwaara Tram hot heut auf d' Nocht
so gegn zwoa mi munta gmocht.
I woaß net, hot die Trud mi druckt,
glei toggatzt hot ma 's Herz und zuckt
und gschlogn ols wiar a Lamplschwoaf,
und um die Brust an enga Roaf —
as gonzi Gmüat woar mir so hoat.
Und wiar i holt so weita roat,
wos bisher woar und weita kimmb,
und wia's holt umadum net stimmb,
wos i no ollas sullt vabring,
und waar mei Modi do no z' gring,

und ’s schauat holt ums gonzi Haus
recht trauri und trüabsali aus
vor lauta Elend, Sorg und Noat,
— und um die Reih huckt schun da Toad —

Indem erst wiar i so recht nüacht,
do woar die Stubm so rar liacht,
und longsom wiar is erst so gwoahr,
wia’s lusti schneibm tuat hervor;
und imma no is niedagong,
so lind und woach und stundnlong.

Und gspoaßi: wia da Schnee, so leicht
hot mi auf oamol ’s Lebm deucht,
stad trogg’s mi wiedarum in Schlof
und hon scha tramt ols wiar a Grof,
mei Elend woar scha tiaf vaschniebm
und net a Geimerl is vabliebm,
und goar da Toad, zaundürr und long,
is weit schun gegnan Wold zuagong.

Und wiar i, scha gegn ochti zua,
die Augn aufschlog in da Fruah,
scheint scha durchs Fensta hell die Sunn,
a dicki Haubm hot da Brunn,
und zopfat ligg’s auf Bam und Gsträuß,
die gonzi Welt woar blüahlweiß!

Nikolo

Um die Liachtzeit woar dos heut in Dorf a Gschraa!
Is da Bartl umgongg und da Bischof a;
hot koa Kind si mehr in d’ Finsta außitraut,
hant in Stüberl drein zan betn gschaut.

Schwoarz und zottat wiar a recht a wilda Bär
toppt da Bartl in da Goßn zerscht daher,
rofflt mit die Kettn, pumpert an die Tür,
springg ins Haus und zoagg a lonki Ruatn für.
Hätt 'n Webersimmerl bold in d' Kraxn gspirrt
— und 'n Micherl is a kloans Malör possirt!
Wann i's gwißt net hätt, es muaß da Bartl sein,
hätt i gschworn, da Forstadjunkt steckt drein.

Auf und auf vull Silba, inra lonkn Pfoad,
olt und mit an schneewerlweißn Boart
is da Bischof gwäin mit sein krumpm Stob;
— und wos i danebm no so gsegn hob,
mit an feinen Naserl und zwoa blowi Augn,
wia sie sist na für a junges Deandl taugn.
Hot die Kinder ausgfrogg, toalt an Lezolt aus,
wia holt sist akratt da haligi Nikolaus.
Und sowul i sist recht kristngläubi bin:
i hätt gmoant, es is die jungi Lehrerin.

Wia s' von lestn Keuscherl wieder hoamzuagehn,
hebb's zan schneibm an, so dick und wunnaschön!
Und da Bartl legg sei schwoarzi Schouffelhüll
üban silban Bischof seini Axeln still;
holba neuni schlogg von Turm die Kirchnuhr
und das Dörferl ligg in Fried und Ruah.

Intan Schulhaus, 's olti Muattagotteskreuz
mit sein Schindldacherl woar vaschniebm bereits.
A Loterndl brinnt davor no hell und woarm,
und die Himmlmuatta hobb ihr Kind in Oarm
wia zur Maiandocht
— und inta d' Lindn just
hot da Bischof still 'n Bartl bußt!

Intan Schnee

Hiaz hot's uns bis über die Dacha vaschniebm
grod da Rachfonk is olsa kuhlschwoarza vabliebm;
in da Fruah zan Roratigehn glitzn no d' Stern,
und hintn in Hulz konnst 'n Fuchs belln hörn.
Intan helliachtn Eis glungazt 's Brünndl in Houf,
da Hahn hot scha kraaht und es plärrn scha die Schouf;
in da Rachstubm hot ma die Span krochn ghört
und die Sterzgobl rofflt scha lusti ban Herd.

Wia die Kronzomschl scha vorn Grabwern singg,
so jodlt scha d' Jula, daß hollat und klingg
ban Fuattahuln drobm in stockfinstern Tenn,
möcht di gonzi Welt gern hobm — und woaß nur net, wen!
O du wunnaliabs Vögerl in da kuhlschwoarzn Steign,
woart no a poar Wochn, dann kemman die Geign,
da Fosching sprengg 's Türl, dann pockt di die Kotz,
dann gwinnt di a schnauzboartats Monnsbild zan Schotz.

Dann wiahr di und duck di, du springst in die Liab,
wiar a Engerl glückseli und scheuch wiar a Diab;
und dei brinnhoaßi Todsünd, sie druckat di schwaar,
wann da Konrad, 's Veitbauan Konrad, net waar!
No woaßt nix von seina und er nix von dir,
straft Bloch aus 'n Grobn mit „wüsta!" und „hüa!"
reidlt s' auffi am Schliggn und sitzt auf da Fuahr
und jodlt vor seina hellauf in da Fruah.

Und dö von anond no koa Wissnschaft hamm,
da Herrgott züglt's auf und da Teufl bringg's z'samm;
jo, jo, mei liabs Julerl in Tennboden drein —
is imma so gwäin, wird imma so sein!

Christmette 1920

Wia glonzn d' Stern heut hoch und rein;
da Himmel kunnt net vulla sein!
A Gfriar, dos oan 'n Othn sperrt,
wias fürn Christhalinobmd ghört.

Kniatiaf san olli Pfod vawaht,
da Voda is scha staar und stad,
obar i, d' Hausmuatta, müah mi heut
mein Herrgott z'liab gern stundnweit.

Die Kirchn wird schöa longsom vull,
a jedes betet in sein Stuhl,
die Wachsstöck brennan still und rein
und longsom suacht si d' Orgl drein:

„Maria, lichter Morgenstern —",
als Schula homm ma's gsungan gern,
und heut, ols Olti, krump und müad,
wia seltsom warmt dos olti Liad!

Und unsa kloana Pfoarra lest
die Mettn grod wia's sunst is gwest,
und olls waar liabli wia voreh,
frei taun tat's bold intan Schnee,

liacht wird's wiar am Fronleichnomstog,
und olli siach i, dö i mog.
Und olles waar so leicht und laar,
— wonn Oana net in Rußland waar —

Siglfesta

Pfüat Gott mitanonda — hot ollas sei Zeit,
und wann's scha so sein will, Gott gib's, doß koan reut!
Heb on bei da Truchn und auf in Gottsnam,
und foahr na stad on, Hons, ba da Reid kemma z'samm.
Ba da Reid, Hons, tuast woartn, i kimm da glei noch,
i nimm nur an Pfiatigott ehnda vun Doch,
vun Viech und vun Zeug, vun die Acka und Gründ,
wer woaß, ob i's wieder so hondsom wo find —.
Als Schoufholta kemman, als Grabschädl fuat,
hätt mei Leta net denkt, wia rar 's Wonnan oan tuat.
An onnari Pfoarr is scha wiar a frembs Lond,
bold tat's ma um d' Hoamat, die olti, hiaz ohnd.
Wos hon i daroarbat? — a weani a Gwond,
a weani a Wäsch und a Hoazeitabond,
a Betn, a Pfeifn, an Gamsboart fürn Huat,
mehr hon i net gwunnan, mehr führ i net fuat.

Die Sunn glonzt frei folasch, vun Doch rinnt da Schnee,
bacherlwoarm kimmb da Jauk üba d' Karntnarolm he.
Hoachauf geignant d' Spielleut ban Bruggnwirt drein,
Hons, foahr na stad füri, i mog heut koan Wein;
koan Wein und koa Musi, koa Jauzn und Gjaid,
dos Leihkaufvasaufn is für gringari Leut.
In Grobm wird's scha finsta, vun Stoanriglahaus
spächt a Liachtl frei sündla nochn Knecht, 'n neugn aus.
Die Stoanriglaleut sant scha müahsali recht,
do paß i grod zuwi ols eisgraba Knecht.
Na gschmeidi bergauf, Hons! Es kalbb schon a Hund,
dos san scha die Lärchn von Stoanriglagrund.
Leicht wiar i die Hoamat, die neugi, wul gwohnt,
frisch eini in d' Stubm —
grüaß Gott mitanond!

Just auf da Schneid

's Lebm, wia's mi so gfreut,
braucht net viel Lustboarkeit;
mog net von Wirtshauszaun
umi zan Freithof schaun.
Hon in mein Mooswoldschlog
'n Himml in gonzn Tog
und a die Höll net weit,
just auf da Schneid!

Wor i a Deandl gspür,
red i mi leicht mit ihr;
wos i olls fürz'bring woaß,
mocht ihr schöa longsom hoaß.
Schiabb sie dann 's Riegerl für
hinta die Kommatür,
moant sie: „Und dos woar Zeit!
Just auf da Schneid!"

Wann mi oft oani Gsölln
so a weng tratzn wölln,
stehr i stad auf von Tisch:
„Wöllts wos, so soggs as frisch!"
Springg mir net oana zua,
wann i's so mustern tua,
Mensch, und dos Eichterl Zeit,
just auf da Schneid!

Hon hiaz mei Schöani goar
weit in ar onnan Pfoarr;
sant ma scha feindla woarn,
hant ma 's Daschlogn gschwoarn.
Olls umsist! In da Fruah
jauz i mein Dörfl zua,
wal mi 's Lebm goar so gfreut,
just auf da Schneid!

A Liadl

A Liad schaut oft kloa her
und liaderli leicht,
wiar a Lüfterl, dos her
übas Hofafeld streicht.

Wiar oft olsa junga
gehst um auf da Weid,
möchst auf und da Welt zua,
wia 's Lebm di gfreut.

Und suachst olli Himml
vull Übamuat o,
und lost wieda still,
— und auf oamol i's do!

Do blüaht dir die Welt
wiar a Maiangerl auf,
und wann's di grod lust,
setzt an Juchaza drauf.

Und hinta da Lärchn
mocht 's Oacherl an Krogn,
und no bist net firti,
hot's da Wind scha vatrogn.

Woar grod nur a Stünderl
in bluathoartn Lebm,
dos wird dir dei Herrgott
so leicht neama gebm.

Woar dir grod nur vagunnt
wiar a Trunk auf da Rost,
leicht schenkt er dir's wieda,
— wannst's einwendi host —!

Han a Feuerl zan hüatn —

Han a Feuerl zan hüatn, brinnroat und so hoaß,
doß i's immaramol neamamehr zuaz'deckn woaß.
Geht mit mir auf da Weid, hot koan Houf und koan
Herd,
is glei a wilds Feuerl, das holt agloschn ghört.
Hot's Oani valossn, hon sie weita net kennt,
denkt wul selba net auf mehr, wia hell's ba mir brennt.
Durchn stockfinstern Wold ba da Nocht, wonn i geh,
scheint's her still vor meina voran üban Schnee;
und es wird ma net kolt mittn in Januar,
und die Bam stehn in Blüah, wia wann's Osterzeit waar.
Wann sie's wüßt, wiar i's hüat, wann sie's wüßt, wia's mi
freut,
kunnt scha sein, doß sie stolz wurd vor Hoffärtigkeit.
Oba mir is grod recht so, denn schlüagat's hellauf,
mei Doch und mei Fried und mei Hoamat gang drauf.

Wannst a Windmühl willst baun —

Wannst a Windmühl willst baun,
muaßt scha sauba z'sommschaun,
doß jeds Stückl so wird,
wiast's host ausspeggaliert.

Muaßt an Grindl hernemm
und rund Löchar einstemm,
doß die Klacherl vun Rond
lusti folln nochanond.

Kliabst die Schintln fürs Rod
kloftalonk und schöa grod,
just a weani vadraht,
doß 'n Wind fongg akrat.

Henkst a Schlogbrettl ein
— sullt vun Kerschnhulz sein —,
Bua, dos klingg da so weit,
wiar a hülzanas Gläut!

Und in Oarsch no af d' letzt
wird a Besn eingsetzt,
doß si 's Gspill leichta draht,
wonn da Weinbawind waht.

Steckst die gonze Mühl drauf
hoach in Lindnbam auf
und lost drunta schöa still,
ob s' net anhebm will.

Und as dauert net long,
gongalong, gongalong,
geht s' zerst longsom und stad,
bis sie narrisch si draht.

Und in Sausalerlond
is koa Bua umanond,
der si mehra hiat plogg,
doß sei Windmühl so schlogg.

Kimmb dei Deandl hiaz zwegn,
hot di long net dasegn,
schaut nar aufi und locht,
wer döi Windmühl hiat gmocht.

„Jo, du herzliaba Schnegg,
stell dei Milchkandl weg,
setz di zuwa ins Gros,
gelt, wia lusti is dos!

Is koa Monat net aus,
muaß i fuat scha vun Haus,
muaß i d' Windmühl onemm,
is die Marschruatn kemm —

Und du schaust nochn Bam
und denkst auf in der Gham,
wos d' mir ollas möchst sogn,
— tat die Windmühl no schlogn —"

Der Grill

Der Grill, wann ma's so recht betrocht,
er singg ban Tog, er singg auf d' Nocht,
er schreit und singg in oana Tua,
— er braucht jo a net 's Maul dazua.

Da Grill, hot uns da Lehra gsogg,
er wetzt mit oa kloawinzan Sog
glei üba d' Flügerl her und hin,
wia mir auf oana Figolin.

Döi Sog hot üba hunnert Zähnt
— i woaß net, wia's da Lehra kennt —,
so foahrt er übra feini Loast,
döi ma sist Geignsoatn hoaßt.

Oa Soatn glei auf jeda Seit,
Mensch, und wia so a Grill net schreit!
Vill höcha noch wia's hochi C
da Lehra zwillt ban Kyrie.

Wia unsaroans in Kornschnitt schwitzt,
daweil da Grill vorn Häusl sitzt
und auf die Flügerl lusti falt,
er hot schöa Zeit, wal's eahm net alt.

Gonz hint in Loch sei Olti woant
vor Stulz und glabb, 's waar ihr vamoant,
daweil der Lump sei Geign stimmb,
wann wo a Jungi zwegn kimmb.

„Gonz wia ban uns —", hör i oan sogn;
do möcht i, liaba Bua, do frogn,
ob's di denn endla net vadriaßt
wannst du um jedi geignan müaßt?

Und net oa Soatn, v i e r i glei,
do wurast redla müad dabei.
Na, na, dos waar, wia's bei uns geht,
dei Modi und a meini net.

Drum suach i, wor i Oani woaß,
und hon die gonzi Nocht mein Gspoaß,
und loß 'n Grilln geign soweit
meintswegn bis in d' Ewigkeit!

Heimliche Liebe

Und ’s Deandl in der Peunt
hot ihr Angerl vazäunt,
hot ihr Keuscherl vasperrt
und koa Feuerl in Herd.

Kuhlschwoarz kimmb die Nocht,
nur der Eulkota locht
scha vun Wold außa her,
und sist rührt si nix mehr.

Kinnt oans tümmln und schrein,
und sie liassat koan ein,
daß d’ scha moanst in der Ghoam,
es waar gar neamd dahoam.

Oba sie mäuserlstad
paßt in Kammerl und naaht
und lost interdrein still,
wos der Oa hervor will.

Und so noch oana Zeit
schiab sie ’s Riegerl beiseit
und spächt stuckgwegn aus,
ob scha Ruah waar ums Haus.

Und hiaz zuwi wannst springst
und as Türl aufzwingst,
ghört as Vögerl scha dein,
oba du muaßt as sein!

Brauchst a weiter koa Liacht,
daß si ’s Deandl net füacht,
ob net Oana vun Zaun
her durchs Fensterl kinnt schaun.

Und wos d' red'st und wos d' treibst
und wia lang daß du bleibst,
siacht koa Tratsch und koa Neid
— wanns as Deandl nur leid't.

Oba grawaln, wann's tuat,
und da Wildtauber murrt,
muaßt stad hintnausfoahrn,
daß di d' Mohda net gwoahrn.

Und in d' Fruah in der Peunt
is as Angerl vazäunt
und as Keuscherl vasperrt
— oba Feuer in Herd!

Steht da Mond üban Doch —

Steht da Mond üban Doch, und is völli no Tog,
hörst die Hulzknecht no uma vun Tannrieglschlog,
henknt d' Apferl ban Zaun no schöa roatgwangalt her,
hant die Weiber ban Brunn mit da Wäsch no ihr Gscher.

Und in ondatholb Stund steht a hoach üban Wold,
is schan olls tiaf vaschlofn, grod a Juchaza hollt
vun da Höch nochn Ghog und bas Leanhaschtban fi,
und wannst's scha willst wissn: der Jauza bin i!

I und mei jungs Bluat, dos mi umtreibb auf d' Weid,
wann rundumadum scha tiaf schlofnt die Leut.
Und nar Oani in Kammerl hot hoamli aufglocht,
wos den Oan denn hervor so hell aufjauzn mocht —

I geh also wo doni —

I bin inta d' Wochn a Hulzknecht in Grobm,
und Somstas zan Feiramd, wann mar Auszohlan hobm,
tant meini Kumrattn sist immramol gern
a kloa weani lumpn in da Hommatafern.
I oba, i suach ma schöa hoamli und still
mei Sunntogsgwond füra, und 's Hahnfedagspiel
drahr i auf noch da Schneid — mei Tabakgfeifn hon i —
und moch mi stad auf
— und geh also wo doni.

I woaß scha mein Weg übas Bochbauernhold
noch die Sunnleitnacka in Sengshommawold,
nochn Tiafnboch eini — und wia's scha sein will,
huckt dar olti Hochegger grod gschmoch vor sei Müll
und blinzlt ma listi und kloavazwickt zua:
„Jo, Somstas auf d' Nocht schloft koa lustiga Bua;
ban Höchwirt is Musi, gehst a noch da Vroni?"
„M na", sog i drauf,
„— i geh also wo doni."

Und obm auf da Schneid nebms Stoawendlaghog
do drahr i mi eini nochn Tannrieglschlog.
Do kimmb ma — und hot mi akratt scha dasegn! —
die Kuhlbrennakathl mit da Schwommkraxn zwegn.
„Uj Jesas, da Ferdl, suachst wul amol d' Moahm
in da Mittamoarschwoag üba d' Feiertäg hoam?
Mogst eppar an Enzian, a weani oan hon i!"
„Tua mit fleißi bedonkn
— i geh also wo doni."

Und hiaz bin i herobm! Die Wiesn san gmaaht,
die Sunn is schan obi und die Stern kemman stad.
A Bründl plauscht hoamli, a Grill moant „ziwi",
und entas 'n Zaun, jo, do woart't wer auf mi!

Drei Stund bin i gloffn, koa Schriat hot mi greut,
und sie fliagg mar an Hols, und zwoa bluatjungi Leut
brauchn weita kan Pfoarra und koa Zerimoni,
mir hobm uns um d' Mitt
— und gehn also wo doni!

Vorsatz

Wann i wissat, wia's wird, wann mei lesti Stund kimmb
und mi unsa Herrgott ban Ohrwaschl nimmb:
„Nur eina hiaz, Büarscherl, und roat ma frisch o,
und wannst net besteahst, is da Ganggerl scha do —!"
Do möcht i als Hulzknecht no heut liaba gern
meintwegn Franziskana in Lankowitz wern,
und wurd statts an Lümperl a haliga Mann,
und waar seina Ruatn a Stuck weit voran.

Heut oba, heut bin i holt wull scha vastellt
und woaß ma koa liabaras Gschäft auf da Welt:
Han's heut mit da Julerl schun ausgred't für d' Nocht,
und wo bliebat die Treu, wann i 'n Lugna hätt gmocht!
Und übamorgn homma 'n Urlaubaball,
do bin i aa wieder net übras dawal;
und 'n lestn Oart Fosching, wann sie blockziachn tant,
und i waar net dabei, gang's leicht gfahlt füranand.

Und so woart i's do liaba mit Buaß und mit Beicht,
bis auf glagnare Zeit — gschiacht ma frali net leicht.
Oba mein, unsa Herrgott, leicht woart't a no zua,
leicht mocht's 'n nix aus, wann i's aufschiabm tua.
Leicht gschachat's eahm hoart, wann die Julerl so woant,
dö mir heut no auf Erdn ihrn Himml vamoant.
Ba da himmlischen Tüar stengant eh scha gnuar an,
Gott vazeich ma die Sünd — heut ziacht d' Julerl voran!

He und juhe

Gscheckati Olm so weit,
Spillhandl auf da Schneid,
's klockt schun dar Auerhohn,
's Fruahjoahr hebt on.

Und erst herunt in Tol,
Polmbuschn übaroll,
's Weichfleisch schun aufn Herd,
wia sa si ghört.

Reißts ma die Haxn aus,
heut bleib i rund net z' Haus,
heut treibbs mi um auf d' Weid,
wals mi so gfreut.

Pockt ma da Wind 'n Huat,
rullt man vor meina fuat,
fongg 'n a Deandl auf:
„Wos gibst ma drauf?"

„Deandl, und sei nur gscheit,
sand so vill schlechte Leut,
i oba bleib dir treu,
bis üban Mai!"

Geh mas mitnond auf d' Olm,
du mit die Küah und Kolm,
i nochn Gams in Gwänd,
Schlaggerament!"

D' Jagasbuam oll mitnond,
döi a Schneid übras hont,
schmeiß i aufn Haufn z'somm,
heut in Gottsnom.

Kimm i zua Hüttn her,
schert mi koa hülzas Gsperr,
los ma mitnond in Heu,
um Bartlmai.

Wonn mi da Ganggerl hullt,
bin is alloa net schuld,
woar a die Mirz in Gspüll,
inta da Hüll.

Drum dawal und so weit,
wia mi heut 's Lebm gfreut,
kunnt mas koa Grof dazohln,
fix auf dar Olm!

Wildgjoa

Uiba d' Olm bin i gongan,
es woar scha bold Nocht,
do hot's da vun Kaarl
an Nepl hergmocht.

An Nepl hergmocht
und glei dick vorn Wind,
doß i bold neamma 's Steigl
und 's Stigl mehr find.

Koa Stigl mehr find,
bis i entas 'n Zaun
siach intas die Mäuern
a Liachtl herschaun.

A Liachtl herschaun
zan a Hirberg für d' Nacht,
und die Schwoagarin hot mir
glei 's Riegerl aufgmocht.

Mir 's Riegerl aufgmocht
und an Brennsterz dazua
und a Liegastott draußt
aufn Heu für die Ruah.

Aufn Heu für die Ruah,
bei den Wetta, den grobm,
doß as bold hätt as Doch
vun da Hüttn oghobm!

Vun da Hüttn oghobm,
wia 's Wildgjoa aufziacht,
doß sie d' Schwoagrin in Bett
z'sammt ihrn Rosnkranz fürcht.

Z'sammt 'n Rosnkranz fürcht,
und mi bitt in Gottsnam,
ob i net zan ihr eina
auf an Plausch, an kloan, kam.

Auf an Plausch, an kloan, kam,
und i kreuzbrava Monn,
i hon ihr 'n Willn
auf olli Weis' ton.

Auf olli Weis' ton
wiar a gnädanan Frau,
und in d' Fruah woar da Himml
wiedar auf und auf blau.

Wieda auf und auf blau,
und as Wildgjoa davon,
und die Schwoagrin locht: „Pfiat di,
du halana Monn!

Du halana Monn
mit dein kristlanan Trost,
der mi mittn in Wetta
mei Kranzl hot kost.

Mei Kranzerl hot kost,
und kimmbs wiedar amol,
bleib i in mein Kammerl
und du sauber in Stoll!

Bleibst du sauber in Stoll,
und as müaßat na sein,
doß mi wieda as Wildgjoa
um Oan z' Hilf liaßat schrein.

Um Oan z' Hilf liaßat schrein,
der so takt waar wia du,
— und hiaz wir na net z' laut
mit dein Jujujuju!"

Vierzeiler

Je höcha die Olm,
desto frischa da Wind,
desto hella da Jauza
— und kloana die Sünd!

Bin a gnüglana Bua
und koa hoaglana Held,
z' schöa is ma goar koani,
hot sie sist na brav Geld.

In Winta, do bet i
zechn Rosnkranz aus,
wanns aper wird, gehri
liabar also wo aus —

A Petagstamm steaht
in da Wond rein umsist,
und wos nutzt ma dei Blüah,
wannst mei Deandl net bist!

D' Sunn hot in d' Wiesn gscheint,
hot nar olls glonzt,
Bedlmanndl hat werklgspillt
und i han tonzt.

Heut Nocht homma Maibaum gsetzt,
morgn kimmb's auf,
wer mir die Liabast is
obmaufdrauf.

Weither üba d' Au
blüahn die Bleamal schöa blau,
oba druntn in Grobm
muaß i erst no oans hobm.

I sing Samstas ban Fensterln
und Sunntas vun Choar,
z' nochts lobb mi die Regerl
und Sunntas die Pfoar.

Sechs Tog los i 'n Dröscherl
in Hulzschlog hervor,
und Sunntas in d' Kirchn
da Regerl vun Chor.

Bol mei Deandl a Mosn kriag,
mocht's mi net bong,
bol a Gschirrl a Schrickerl hot,
holt's erst recht long.

Vier Roß vor die Trittl
und a niglnoglneugs Gschirr,
wann i schnolz, locht scha d' Lisl
hintern Fürhangl für.

A Kuahhondla bin i,
kimm weit um in Lond,
und drei stoanolti Madl
wüßt i a wo in Stond.

A Schlittn ohne Gläut
und a Hengst, der net schreit,
und koa Deandl aufglodn,
is a lonkwalas Fodn.

Bin a Sagla in Grobm,
schau koan Hirscherl net noch,
just a Büxflintn hon i
— für die Mäus intan Doch!

Bin a Sagla, an oarma,
hinta d' Rauschnbochquelln,
han Werchtogs na Reachfleisch
und Sunntas Forelln.

Um Petar und Pauli
kriag da Guguruz Quirl,
spächt da Goaßbua scha keck
üban Zaun noch da Mirl.

Koan Vorspann bergauf
und koan Rodschuach tolo,
so narrische Gselln
hausnt namla gern o.

Wonn die Hitz so wia heut
nur koa Wetta net bringg —
Sitzt da Fink ban Kreuz auf:
„und wonn a —", und singg.

Da Groaßofna haust,
er kinnt d' Steuern net leistn,
locht da Roanweinzerl still:
„D' schwaarn Waagn kreistn!"

Bei da Grobmbauernmühl
steht a Wossarod still,
und i Olta hon groat't,
wor i 's Wossa herloat —

Wann ma wußt, wia's oft kimmb,
hiat ma niemoln a Gfrett,
gangs oan leichter oft aus
— oda do wieda net? —

In da Fruah stehr i auf
wiar a Engerl so rein,
und auf d' Nocht raffnt d' Menscha
um mein Haligenschein.

Foahr i rechts, foahr i links,
mir is oans, i vullbring's,
bol i neunmol sullt frogn,
woaß ma's erst koana z' sogn.

Bold jauzn, bold sempern,
bold frisch sein, bold klempern,
bold vull und bold nüacht,
wann na sista nix gschiacht.

Und wann a Toal sognt,
i waar net recht gscheit,
grod dieselln sand oft
die kammodastn Leut.

Wann i Geld hiat, wiar i's net han,
gang's keck füranond,
waar bold außa meina
koa Bedla in Lond.

Bei da Wekka-Kapelln
hon i nachtn ghört schelln,
doß i's heut no net woaß,
woar's Geist oda Goaß.

Und i sog na so vill,
's mo sein wia da will,
oba net um a Haus
liaß i'n Hulzknechtball aus.

Und döi Oa, wann i fund,
wos grod paßt, so mehr rund,
um die Mittn net z' eng,
wann sie herschaut, net z' streng —,
bringg mi d' Muatta und Moahm
net vun Tonzbodn hoam.

Und da Fronz und da Lenz
und da Lipp und da Zenz
möchtn d' Roawebadirn
aufn Tonzbodn führn.

I waar richti scha gsponnt,
wia sie gleich wern mitnond,
— müaßt na sein, doß grod sie
just ihr Gschatz hiat auf mi.

„Und vun Herzn, wia gern —"
sognt d' Leut, döi si spern,
oba brauchst wos, o mein:
„Scha grod heut konn's net sein."

D' Welt hot an rarn Lauf
intn und obmauf,
sapperdipix!
— oba sogn derfst nix.

Wonn 'n Eck Oana fahlt,
hot die Kugl si gspalt,
is koa Scheiba no gwest,
der koa Ausred hiat z'lest.

Wann 's Unkraut amol
recht vun Nutzn Oan waar,
wurd's sichar aufs Joahr
scha kloawunzi und laar.

*

Alle Stern, wann i wüßt
und i sachat sie net,
is wia wann i mei Lebtog
koa Deandl ghobb hätt.

Aber i und juhe —,
potsch heut keck durchn Schnee,
inters Deandl ihr Stiagn
muaß i d' Schuach eh ausziagn.

An Apferl, a zeitigs,
rullt her übers Wieserl,
wann i net bald zuagreif,
hullt an onra as Liserl.

I hon in mein Lebm
net leicht wos vasamt,
just die Hochbauernjulerl,
vun der, wanns ma tramt —

Is immer so gwesen,
dos mirkts, liabe Leut:
Ma wird holt z'fruah olt
und dafür a z'spot gscheit!

Wann i neama wer sein,
is die Welt ohne mi —
Scha recht, oba d'Welt
blüaht a fuart ohne di!

As Schöanste is d'Hoamat
rundum auf da Welt,
und no han i vun ihr
net die Holbschcit dazählt.

*

Wiar a Sträußerl Lavendl
in Wäschkostn drin
sull dos Büachl enk grüaßn,
wonn i neamamehr bin.

Abschied

A Lebzeltherz ban Kromastond,
ban Wirt a Landla mitanond,
a Röserl, zuagsteckt fürn Huat,
ban Hoamzuagehn a gschamigs Wuart,
und grod no vor da Kommatür
a Busserl wiar an Apflblüah,
— mein Gott, dos is holt, liabi Leni,
so für an frischn Buam zweni!

Schau, wann i morgn wonnan muaß,
waar's net für di a hoarti Buaß,
daß du mir, ehst mi fuatgehn loßt,
net mehra Ziahrgeld gebm host?
Wia leicht kunnt's sein, daß Oani kimmb,
döi si mei Noat zu Herzn nimmb,
und hobb mir, bol i humri wiar,
a Schüsserl vulla Busserl vür.

Drum wann auf d' Nocht heut intan Gong
gonz still wer pfeift, so los net long,
kimm außa auf die freie Weid,
no woar koa schöanri Nocht wia heut.
Da gonzi Kogl is vull Stern,
in Gros konnst hundert Grilln hörn,
und olli geignan s' lusti z'somm,
wann mir in Hoadrach Hoazat homm.

Dann jauz i morgn üba d' Schneid;
und waar die Welt a no so weit,
und blinzlt Oani noch mir her:
I mog koa fremdes Bußl mehr,
und sog, wann's schun net onnas geht:
„I donk, i brauch dei Schüsserl net;
mit hot a hoachi Summanocht
hoagli fürs gonzi Lebm gmocht!"

Steirisches Soldatenlied

I hob als Holta auf da Olm
gar frei und lusti glebb,
wia neunzehnhundertvierzehn hot
da große Kriag anghebb.

Mei Lebtag hätt i mirs net denkt
mit meini kurzn Füaß,
doß i di holbi Welt auskimm
und olli eichterl schiaß.

Zerst fahr mas noch Galizien
viel hunderttausend Mann
und fongan mit anonda holt
den Kriag in Gottsnam an.

Bei Krasnik und bei Tomaschof,
do san ma net long bliebn,
do homa d'Russn wia di Schof
vor unsra füri triebn.

Bei Grodek oba in an Wold
homa uns z'long verwalt,
do sog is zu mein Nochbarsmonn:
„Bua, Hiasl, hiazt is gfahlt."

Da Hiasl jauzt, do is a schon
ins Moos fürinta gfolln:
„Und grüaß mir no viel tausendmol
wol meini greani Olm.“

Bei Nowemiasto frali wul,
do homas net datrutzt,
do homs uns wian Hofa gmaht,
wonns weita nur was nutzt.

Selm is da Obast Weber gfolln —
hot uns viel Guates ton,
Herr, nimm ihn auf in deinen Sol,
dos wor ein tapfrer Mann.

Im Winta im Karpatnwold,
im Fruajohr weita drent,
i woaß die Namen oll net mehr,
do hot sis Blattl gwendt.

Mensch, nocha durt bei Gorlice,
das wor dir eini Schlocht!
A tausend Gschütza oda mehr
ham ghimmlatzt und ham krocht.

Do hom die Russn hell aufgschrian
und san vazweifelt grennt,
Granotnan wildnan hintadrein,
und umadum hats brennt.

Deutschlända homa a bei uns,
mei Liaba, dos san Leut!
Der fongtn Teufl, wonns sein muaß,
dir her auf freia Weid.

So dauats hiaz scho übas Johr,
da Steira loßt net aus,
und wann ma obn firti san,
so gehmas intn aus.

„Nichts Schönres als fürs Vaterland
zu kämpfen und zu siegn —“
Woaß Gott, i tats bold liaba scho
bei meinan Deandel liegn.

Sie schaut sich wohl di Augn aus
noch meina Tog und Nocht,
mei Schotz, i bins no weit von dir,
wos dunnert, blitzt und krocht.

Oba oamol kimmt da schönsti Tog,
wo Genral Konrad spricht:
Hiaz donk is fleißig jedn Mann,
mir homs in Ehrn varricht.

Donn fohr mas auf da Eisenbahn
weit üba Berg und Tol,
o du, mei liabas Steiralond,
grüaß di viel tausendmol.

Am Bahnhof is mei Deandel dann
schon in Paradi gstellt,
dann gehmas unsan Grobm zua,
wia fröhli is die Welt.

Und wonn da Kaiser wieda ruaft,
da Steira kimb glei zwegn,
oba wonn's a Zeitlong Friedn war,
i hiat just nix dagegn.

Wanns d' hoamkimmst, mei Bua —

Wanns d' hoamkimmst, mei Bua, nochn Kriag aus 'n Feld
nocha wird's da grod sein, du kamst frisch auf die Welt:
Olli Wiesn tan blüahn und da Guggu, der schreit,
und die Hoamat, d e i H o a m a t, locht umadum weit.
Da Wegmocha grüaßt, üban Schauflstiel gloahnt:
„Is guat, doß d' na do bist, hot grod Oani gmoant,
sie wullt si in Birg um koan Deanst neama schern,
waar 'n gonzn Grobn aus mehr koa Juchaza z' hörn."
Und da Herrgott am Kreuz intan Betlärchnbam
schmutzt: „Scha, kimmb da Fronz hiaz do noch amol ham
Meintswegn, wegn o a n Lumperl follt da Himmel net zua,
zan Betn sant eh olti Weiba no gmua."
Und obm ban Zaun schiaßt da Sultl zan Toar,
hot die Kettn ogrißn und mocht a wilds Gjoa,
und winslt und tonzt und springg dar in d' Höch,
und wolgg si am Wosn und schnotzt hintri auf d' Flöch.
Und inta da Tenn kimmb dei Voda grod zwegn
mit da Kraxn am Ruggn, hätt di bold übasegn.
Und er schaut dar in d' Augn und druckt da die Hond:
„In Gottsnam, morgn gehma ins Heu mitanond!"
Und dei bugglatas Muatterl huscht eini ban Haus
und grobb glei a Stelzn aus 'n Schmolzkübl aus,
bringg a Brot und an Most und an Kranawettgeist
und wischt kloaweis die Augn — wal da Rach so viel beißt!
Und die Nandl? Wiar a Reach is sie auffi in Wold,
hätt am liabstn a Meß glei in Lankowitz zohlt.
Nochar is sie gonz hoamli ihrn Stüberl zuagflogn
— brinnroat — und hot 's Bettstattl frisch übazogn!

Urlaub 1917

Alf Monat in Fölsn, alf Monat in Schnee,
und morgn geht's hoamzua mit Juhu und Juhe!
Hiaz, Schreiba, tats schreibm a Urlaubsbolettn
von da walischen Grenz kirzngrod auf Gleinstättn!

Von durt brauch i neamd mehr ums Gongsteigl frogn
noch die Weingartn für, wo die Windmühln schlogn.
Um a kuhlschwoarzes Keuscherl fliagn schneeweißi Taubm,
drein tuat an olts Muatterl ban Nagerlstock klaubm.
Der hon i wia long scha mei Holsn vamoant,
— Herrgott in dein Reich, wia dos Weibl enk woant!
Und rofflt glei gschafti mit Heferl und Pfann
und mit Odumeinherrgott und Jesasmaran.
Und obm am Berg glitzt a Fensta in d' Sunn,
durt steht a schwoarzaugatas Deanderl ban Brunn,
hebb die Hond vor die Augn, tuat an Juchschroa noch mir.
„Johoho, liabi Nandl, i bin scha bei dir!"
Und übar und üba blüahsauba und gsund!
Dö derf ma scha mudln, sie hots scha so rund!
Und dann frogg sie und frogg und i muaß ihr dazähln
von den Stoafölsnkriag mit die walischen Gsölln,
und ob ma wul z' essn und z' rachn homm gmua,
und wer denn für so viel Leut Sterz kocht in d' Fruah?
— „Oba, Deandl, hiaz gehr i, muaß no Summakorn saan,
und nocha a tulls Fleckl Kleebrochn maahn.
Hiaz frali, mei Muatta ihr Stüberl is kloa,
und sie is völli gwöhnt, daß sie ligg gonz alloa —
wüßt net, wo i bliebat noch Feiramb und d' Nocht — —?"
Do druckt sa si brinnhoaßa zuwar und locht!
Und siebm Täg und siebm Nacht und a seligi Stund,
dö hot mir mei Herrgott zan Urlaub vagunnt —

Wos lochts denn, ös dolgatn Schreiba? O mein,
ös moants, dos müaßt olls in die Marschruatn 'nein?
Na gebb's as na her, bold's die Untaschrift hot,
und hiaz leckt's mi 'n Buggl, sist kimm i no z' spot!

In Hintalond

Hiaz wiar i bold folasch wern, Haggerament!
Hot der sündhafti Kriag denn no allwal koan End?
I dean meina Bäurin scha hisch ani Joahr,
oba noch woaß i nia, daß so lonkwali woar.
Hant jo olli scha fuat müaßt, wer is denn no do?
Da Pfoarra, da Wirt und da Schuastahoho
(so hoaßns 'n Feuerwehrschuasta ban Wold,
wal da giggazt und kummandirt „ho—ho—ho—holt"!)
Dos Anbaun in Fruahjoahr! Koa Roß vor dar Aarn
und kleba zwoa Rußn zan Mistgoarn zaarn!
Olls Weiba, glei Weiba, voran und hintnoch;
i wullt namla nix sogn, wann sie waarn danoch!
Nacht siach i in d' Stanzi ihr Komma no Liacht
und frog eini ban Fensterl, ob sa sie eppa fürcht,
oda sista wos brauchat — und holt so und so;
do draht sa sie um und locht eini ins Stroh:
Ihr Fronz waar in Puln ba dar Attullerie,
ba da groß n, ba da schwaarn, ba da Mörsabattrie.
I brauchat mi ihratwegn net strapazirn,
sullt liaba mit dar Ahnl Milchfoarfala rührn.
Und da Hohnfolz! Wia lusti is's gwäin olli Joahr,
wenn ma glost hot in Schirm, bis zan Grabwern woar.
Heut rodlt und schleift a, die Sunn is scha weit,
und rundumadum follt koa Schuß noch da Schneid.

Mir waars bei den olln ja net a so schwaar,
wann dos bluathoarti Roatn vun da Bäurin net waar.
Drei Buama in Feld — und da Jüngsti vamißt!

Sie schreibb aus in die Welt, ob denn neamb vun eahm wüßt!
Und dos ewige Schiaßn, wanns still wird auf d' Nocht!
Drei Wochn long hot sie koan Aug mehr zuabrocht.
Erst neuli, do homm ma 'n Hochocka baut,
hot's goar neama aufghört und monchmol gonz laut.
Do schleicht unsa Muatta still fuat nochn Roan,
hot die Oarbat valossn und is hoamzuar alloan.
Durt sitzt sie ban Kreuz intan Betlärchnbam
und schaut obi auf d' Stroßn, ob ihr Peterl net kam —.
Und heut kimmb a Briaf vun sein Feldwebel drobm,
schun am Frauntog homm s'n bei Grodek begrobm —!
Do hebbs mi on z' druckn, wia sie goar so still haust,
und i konn mir net helfn, es foahrt mar in d' Faust:
Am Sunnta ban Kirchplotz samma mehra banond,
kimmb da walische Saagla vun da Tannriglwond
und frogg, wo die Bäurin waar wuhl no ban Lebm?
I hon an nur angschaut — und a Watschntrumm gebm!
I woaß jo, er konn fürn Kriag nix dafür,
obar eahm hot's net gschod't, und wia viel leichta woar's mir!

Olta Londsturm 1917

Bin sist a kloas Knechtl ban Schlock in dar Olm,
hon a fufzg Guldn Loah und an Schouf und a Kolm
und a silberni Sackuhr in an Schildkrottnghäus
— und a bißl a Bixn a hoamlanaweis.

Bin jungaweis nia ba da Stellung vabliebm
(hon a derentwegn z' Fleiß nia mei Kröpfl vatriebm).
Hant die Deandl oft gspött'lt, ob sist no wos fahlt,
— und heunt hant s' mi auf oamal za die Jager eintalt.
Hon a Büscherl am Huat und an Schilcher in Glos,
und 's Herz in da Housn, hiaz wia gspoaßi is dos!

Oba doß i net lüag: I bin sist net vazogg,
i tua mi glei wunnan, wia sie mi hant dafrogg;
wia sie mi hant dafrogg in dar Oaschicht so weit,
und sant rundumadum auf da Welt so vüll Leut!
Meintswegn, mi holt't nix, bin a lediges Kind,
mei Muatta is a Nohterin in der Koanoch goar hint;
dem Weibl wird's hoart sein, bol's mi eppa valiast,
oba sist wußt i neamb, den i's anmeldn müaßt.
Und so gehma's in Gottsnam, sant vüll scha voran,
hant a vülli scha Plotz gmocht, doß ma nochruckn kann.
Dos waar do dalougn, doß da Ruß si long spalt,
wonn mar olls, wos do Leut san, zan Owiahrn alt.
Und wann i dann 's Glück hon ban Herrn Generalln,
so kimm i leicht hinta mit da silbern Medalln:
Olli Gloggn tant läutn, und da Pölla, der krocht,
und mei Muatterl wischt hoamli die Augn und locht;
und die Schulabuam henknt kloarotzi ban Zaun.
und da Schlock in dar Olm, Mensch, der wird da liacht schaun!
Obar i bin net stulz dann und sog: „Liabi Leut,
hiaz sechts as amol, wos a Steira bedeut.
Kunnt leichtla a Hauptmonn wern ban Militär,
oba dann hiat da Schlock jo koan Nochiknecht mehr.
Und wer schaut auf mei Muatta, mein Schouf und mei Kolm,
und da Hahnfolz, die Musi, da Kirta auf d' Olm — —!
Is olls z'somm zan Lochn, i bleib, wor in bin,
und da Schlock zohlt an Liter ban Kirchnwirt drinn!"

Dar Olmholta Peta ban Eckwirt

Wonn da Ruß, sogga,
eina kam, sogga,
und i waar, sogga,
just daham, sogga,

und es passat, sogga,
olls akratt, sogga,
Mensch, i wußt net, sogga,
wos i tat!

Hiaz, mei Waberl, sogga,
o du mein! sogga,
spirr i liaba, sogga,
früah gmua ein, sogga,
wal ma woaß as, sogga,
net für gwiß, sogga,
wos da Ruß, sogga,
für oana is.

Obar ihr Olti, sogga,
loß i aus, sogga,
Bua, dö rofflt, sogga,
rund ums Haus, sogga;
wonn da Ruß, sogga,
döi vanimmb, sogga,
i bin zweifli, sogga,
ob da kimmb.

Nochar i, sogga,
tuar an Schroa, sogga,
um an Stodlbaua-, sogga,
Moar, sogga,
und 'n Sigerl, sogga,
und 'n Zenz, sogga,
und 'n krumpn, sogga,
Schuastalenz.

Oan hinum, sogga,
oan her, sogga,
schmeiß i z'somm, sogga,
sombm Gwehr, sogga,
doß vun Sell, sogga,
und vun Leib, sogga,

grod a Patzl, sogga,
übableibb.

Und da Sigerl, sogga,
spuckt in d' Hond, sogga,
kriagg oan Russn, sogga,
gach ban Gwond, sogga,
schlingg 'n üba, sogga,
schmeißt 'n weit, sogga,
bis in d' haligi, sogga,
Ewigkeit.

Oba nou, sogga,
hiaz dawal, sogga,
schreibb da Joggl, sogga,
hiats koan Al, sogga,
und da Joggl, sogga,
woaß as gwiß, sogga,
wal da selba, sogga,
drobm is.

Obas Ungarn, sogga,
waar a Wold, sogga,
die Karpatn, sogga,
und do zohlt, sogga,
hiaz da Ruß, sogga,
feindla drauf, sogga,
und koa Teifl, sogga,
hilftn auf.

Derawegn, sogga,
wonn ma's nimbb, sogga,
is net leichtla, sogga,
doß da kimmb, sogga,
oba w o n n da, sogga,
kemman tat, sogga,
Mensch, hiaz woaßt as, sogga,
wos i tat!

Da Wegmocha

Vun olln, wos foahrt oda geht auf da Welt,
waar da Wegmocha völli am schlechtastn gstellt.
Oba wann i herwieda so roat in mein Sinn,
taugt's ma denna, doß i just a Wegmocha bin.

Das Lebm auf da Stroßn mocht lusti und frei,
jo die Welt hot a Weitn, man gedenkt's nur net glei!
Und d' Stroßn, dö lafn scha durch a jeds Lond,
bergauf und tolo und fuataus nochanond.
Jeds Ding auf da Welt muaß sein gwißn Plotz hobm,
da Stoan ghört in d' Las und as Wasserl in Grobm;
obar oft oana wiahrt si und will net vanond,
wann die onnan geduldi scha liegn banond;
den konnst umasist auf sein Dickschädl schlogn
— bis da Vierspanna kummt mitn Broatschienawogn:
Der mohlt 'n schöa longsom tiaf ein zana Buaß,
wonn da zechnmol net wölln hot, hiazt siacht as —
er muaß!

Und d' Leut auf da Stroßn —! Oft Oana foahrt aus
in da Fruah wiar a Grof mit zwoa Hengstn in Saus;
und z'nocht hatscht er hoamli daher und kloawild,
hot die Housn vasoffn und d' Rössa vaspielt.
Der foahrt auf sei Hoazat wiar a zohnata Bua,
der treibb si a Fadl und pfeift lusti dazua;
die Oa schleicht zua Beicht wiar a hantigi Ruabm,
die Ondri springg lifti zan Tonz mit ihrn Buabm.
— Zlest kimmb Oana angfoahrn gonz longsom und still,
'n Kreuztroga voran, inta d' schwoarzsommtan Hüll:
Sei Leta hot 's Foahrn eahm nie schnell gmua deucht,
— dos Platzerl in Freithof daglong er no leicht.

Und erst seit 'n Kriag! O wia viel san scha fuat,
mit Kupferl in d' Hond und 'n Buschn am Huat;
hant gsungn und gjuchazt und d' Hond jedn druckt
— und intadrein hoamli a Zacha vaschluckt.
Wo sant sie denn hinkemm? Du konnst nix dafrogn,
und dö scha wos wissn, dö mögns net sogn:
Do a Muatterl, an olts, dos in Kirchnstuhl woant,
durt a Deandl, dos still ba da Kinnawiagn loahnt.
Und olli Biat schottern sie frisch wiedar ein,
und olls wird zamohln, als müaßt's a so sein.
Olls konn da Kriag brauchn, 's Viech wia die Leut,
's Troad und die Wulln und von Kirchturm 's Gläut.
Oft zimb's ma, wonn's still wird rundum üban Feld,
ols hörat is ruafn weit draußt in da Welt,
weit draußt in da Welt um die Hoamat und Liab —
Mein! Hobt's long guat ruafn inta Schelman und Diab!
Zan Feiromd kehr i ban Bruggnwirt zua
auf an Enzianschnops und an kloan Dischgur;
die Kroma und Fuhrleut redn grundgscheit ban Glos
und va d' Herrn woaß a immaramol oana wos.
Dos Fruahjoahr, sogn s', wurd holt amol no hüsch
woarm,
nocha liaßn sie's geltn und donn kamman s' hoam.

Und donn kumman s' hoam! — und an oanziga Schroa
is unsa Grüaßgott für dö schüttari Schoar.
Und Spielleut und Musi und Pölla und Gläut,
jo ös oarman, ös liabm, ös sakrischen Leut!
Und i schmeiß mei olts Hüatl und krah wiar a Hahn
und ban Bruggnwirt schlogn s' a Holmfoß an.
Und i mittn drunta als olta Vetran,
mit Grüaßgott und Vivat und Lochn und Wan'n.
Und a jeds tuat ma gern mitn Glasl die Ehr
mit oan Wegmocha hin und oan Wegmocha her.
So liaß i ma's gfolln wull oll meini Täg,
erst um Mitternacht suach i dann hoam meini Weg.
Gelt, Straßl, do schaust, waarst bold z' eng völli heut
fürn Wegmochahias und sei woglati Freud.

Dos schod't nix, dös Räuscherl hat a müan sein,
geht's goar z' gach, so leg i a Rauchkettn ein
mit an stilln Votarunsa für oll die liabm Leut,
dö tiaf intan Wosn koa Gruaß mehr daschreit.
Und in Bett no sinnir i so fuat in da Ghoam:
Jo, die Welt hot a Weitn — und dahoam is dahoam!

Abschied

D e r B a u e r :

Hiaz, Hansl, weil's scha so muaß sein,
so gehst holt in Gottsnam,
der Himml woaß, daß mir den Kriag
net leichtla anghebt ham.

Und wann's die Feind so hobm wölln,
so is net unsa Schuld,
wann's hiaz goar um die Hoamat geht,
is aus mit der Geduld.

Mir Bauan sand net wia voreh
krummbuglat und getrost,
mir wissn's heut scha ganz genau,
wo unser Teufl lost.

Höllsakra, no gedenk i's guat,
wia's selm in Kriag is gwäin,
i woar dabei und woaß nur oans:
z'sammgreifn, net long redn!

Drum, Hansl, pock dei Sachn z'samm,
i woaß, du stellst dein Mann,
noch is koa Steira hintn bliebm,
wann's ghoaßn hot: Voran!

Die Bäurin:

Wia's heutstags auf der Welt zuageht,
es is schun aus der Weis,
es schaut bald her, der Feind hebt an
den Kriag na rein zan Fleiß.

Wia friedla net die Sunn aufgeht,
wia woar das Korn net schwaar,
in Weingart henkt's glei zopfat vull,
koan Opflbam is laar.

I woaß, es geht ums Votalond,
und denna gschiacht's mir hoart,
dos wird für monchn frischn Buam
a gache Himmlfoahrt.

Oa Bruada is in Rußlond bliebm,
der ondri bei Lafraun,
no heut kann i die Kreuzl net
in mein Kalenda schaun.

Und heut gehst du, mei liaba Bua,
loß dir an Weichbrunn gebm,
in Gottsnamm, Bua, und holt di brav,
leicht geht's wull net ans Lebm.

I hon di intan Herzn trogn,
i hon di betn glernt,
no nia hot mir zan oarbatn
a Kindal bessa deant.

Wia ville Müatta betn hiaz
net drentn und herent,
i woaß, da Herrgott führt's für uns
no zu an guatn End.

Zan guatn End, drum will a i
net woanan long und schrein,
und sog so, wia da Baua sogt:
In Gottsnam, es muaß sein!

Das Dirndl:

Schun seit der letztn Somstanocht
roat i mi her und hin,
ob i denn gegn deina selm
net goar z'guat gwesn bin.

Bei Gott net, du mei liaba Bua,
daß hintnnoch mi reut,
du bist ja für an oarme Dirn
in Lebm die oanzge Freud.

Und inta d' Oarbat denk i, Bua,
an die wul olle Stund,
und hon i dir mei Kranzerl gebm,
koan Liaban woar's vagunnt.

Die böasn Leut hant long guat redn,
i frog net vill danoch,
die reinste Liab wird um a Zeit,
holt denna oamol schwoch.

So geh mei Bua, und denk auf mi,
wannst Zeit host, draußt in Feld,
und steck mei seidnas Tüacherl ein,
du woaßt, i hon koa Geld.

Und kimmst du richti übers Joahr
frisch nochn Gongsteig zwegn,
leicht trog i dir scha goar an kloan
Suldotnbuam entgegn.

Joahrtog 1917

Unsa Bauernsproch is wiar a rupfani Pfoad,
dahoam ochtast s' gring, in da Fremd grotast s' hoart!
In da Fremd, wonnst as hörst gach, vazogg und stoamüa
jo du konnst's goar net glaubm, wia leicht doß da wird!

In Rußlond tiaf drein — grod drei Joahr is heut aus! –
schmeißt a Sprung üban Grobm mir 'n Huftkegl aus.
Do roat i wul hoart, wia's so anhebb zan schneibm:
In Gottsnam, so muaßt holt in Rußlond vableibm!
In Rußlond vableibm — — und finsta wird's schon
und dahoam zündn s' grod hiaz die Spanliachtn on!
Und die Muatta ban Spinnrod, mei Büabl in d' Flegn
und 'n Herrgott in Winkl, scha bold trüab hon i s' gsegn.
Auf oamol schleicht's gschmeidi so her nochn Wold:
Dos san die Kosakn, dö mochn di kolt!
I hon mir vor Angst neama notnziagn traut
und bin mäuserlstill glegn — do moant oana laut:
„Auf mei Modi müaß ma uns links umidrahn!"
Do woar's mir, i hör unsan Hahn dahoam krahn,
die Sunn hot hell gschunnan, die Bama ham blüaht,
und mei Traudl hot 's Büaberl ban Hemmatstock ghüat't
I hon mi glei gmeld't und dö tausndliabm Leut,
wiar a Kind homm s' mi trogn zan Feldspitol weit.

Und heut bin i dahoam! Und so hoart, daß oan gschiacht,
wann ma moant, es wurd umadum goar neama liacht,
so denk i oft auf und loch still intan Maahn:
„Auf mei Modi müaß ma uns links umidrahn!"

Da Ruß

A gfongana Ruß, a großmächtana Monn,
ban Zenz in da Wial kriagg an wehtandn Zohn;
und er jammat und haust, und da Dokta so weit,
und die Oarbat so gnedi und koans hot just Zeit,
daß dan obi kunnt füahrn bis auf Eibiswold nein —
wall alloan derft a net, muaß a Wochta mit sein.

Zlest denkt si die Bäurin, i kunnt's ja probirn,
sull mei Hiaserl den Russn zan Zähntreißn füahrn.
(Dos is ihr jüngsts Büabl, grod sechsjahri heut,
roatgwanglt, kloanwunzi, oba witzi und gscheit!)
Und sie ruaftn vun Schoufholtn hoam vun da Holt:
„Steck die Schuach an, muaßt obi zan Dokta z' Eibiswold!
Und i liaß 'n schöa grüaßn und i bitt 'n holt recht,
ob da denn unsan Russn net zähntreißn möcht.
Und nimmst 's Rucksackl mit, bringst vun Krommar an Tee
und a schmiedani Sterzpfonn und an Packlkaffee
und um drei Kreiza Zwirn und um zwölf Kreiza Zimbt
und froggst eini ban Firba, wo da Blaudruck bold kimmbt."

Af Eibiswold braucht ma vier Stund. Jo und duat
sogg die Köchin vun Dokta: „Scha, grod is a fuat!"
Schofft da Hiaserl in Russn: „Do setz di hiaz nein
ins Vorhaus und woartast, i kaf dawal ein!"
Und da Ruß sitzt scha do und sogt „dobre" und locht,
und dawal hot da Hiaserl seini Weg olli gmocht.

Wia s' firti san, gengan s' mitanona schöa stad
wieda hoamzua. Do hebbs on zan schneibm und waht,
doß ma völli die Hond vor die Augn neama siacht.
Und da Hiaserl wird müad, wal da Rucksack so ziacht.
Den nimmb da Ruß üba. Und 's schneibb wia net gscheit,
und longsam wird's finsta und da Weg noch so weit!

Da Hiaserl muaß olli Biat rastn in Schnee,
möcht am liabstn gern schlofn und die Füaß tant eahm weh.
Do nimmb da Ruß 's Büaberl gonz still aufn Oarm,
hüllt 'n Montl guat üba und troggn schöa woarm
üban Boch, durchn Wold, der mit Blochhulz varramt,
und da Wochta hot gschlofn und wunnaschön tramt
vun da Regerl ihr Goaß und vun Christkindlbam
und wou wul da Vota vun Kriag wieda kam;
und gspürt's net, wann da Ruß eahm oft hoamli hot druckt,
und wird richti erst munta, wia 's Torgatta zuckt.
Duat stellt er 'n schöa gschmeidi af d' Füaß vorn Haus
(denn wia schauat da Hiaserl ols Wochta sist aus!).
Und sie löffln a Suppm, und die Muatta woar froh,
und da Ruß krallt gemüatli in Stodl intas Stroh,
und is bacherlwoarm glegn, dawal da Schneewind hersolzt,
— — und hot tramt, doß sei Büaberl in Rußland eahm holst.

DEANSTLEUT

Ein Ehrenkränzlein

Ols Züglbua

Da Baua

He, Schoufholtar, auf! Is scha vieri vorbei,
han dreimal scha tümmlt, sist hilf i da glei!
Frisch auf, und da Bäurin as Wossa zuatrogn,
die Heahna ausloßn, Graßprügl z'sammschlogn!
Die Regerl is letz heut, no spot auf die Nocht
hot s' da Stier so grob tretn, wia s'n Fuatta hot brocht.
Und spring obi zan Boda, er sullt da wos gebm,
kemm brauchat er net, wal no gangs net ans Lebm.
Und kimmst ehzeit no hinta und treibst deini Schouf
auf die Kleebrochn heut intas Tolmoarnhouf.
Schuach brauchst koani onlegn, wanns kälter is woarn,
noch is wegnan reifn koa Holta dafroarn.
Wos moanst, du möchst liaba in da Schul vor vableibm?
Wos braucht denn a Züglbua lesn und schreibm!
Schoufholta san kluag, oba Schula hots gmua,
bin a amol herkemm ols lediga Bua,
konn heut not net schreibm und hon Acker und Gründ,
wia ma weit umadum net leicht schöanari find't.
Nar auf! Sist loß i di d' Goaßl no spürn:
waar net schlecht, wullt si so a zniachts Büabl scha wiahrn!

Die Bäurin

So, Bua, host dei Fruasti, und richt di holt z'samm,
wos da Baua di hoaßt, und na fuat in Gottsnamm!

Kehrst zua bei dei Muatta und bringst ihr die Wulln,
und sie kunnt aufn Sunnta an Lodn ohulln,
für di auf a Gwandl, und jo recht schöa weit,
und i waar mit dir z'friedn ols Holta bis heut.
Und da Baua sist a wul, er moant da's net schlecht,
und du wurst mit der Zeit no a redlana Knecht.
Und da Regerl ihr Moahm, wannst as sigst um die Weg,
sullt si weita net sorgn um Woartan und Pfleg.
Und zan Schullehra sogst holt, du kamast akratt
wieda fleißi in Winta, wann si's leichtlana tat.
Und hiaz geh in Gottsnam, grüaß da Regerl ihr Moahm
und dei Muatta von mir und kimm gsund wieda hoam!

Die Muatta

Scha, grüaß di Gott, Büabl, kimmst wul amol zwegn,
han di eh seit die Pfingstn net oamol no gsegn.
Waarst bold a weng kleba, do braucht man net z' frogn,
no nia hot's an Holta a Schmeerbäucherl trogn.
Da Baua waar sper, moanst, und Oarbat glei gmua?
Mein, er is da Baua und du glei a Bua.
Dafür is die Bäurin, so wia sa si weist,
die guati Stund selba, wannst di holbwegs befleißt.
Und tua na brav betn, Bua, moch ma koa Schond,
unsa Herrgott, der schaut net aufs luckati Gwond.
Und 'n ledign Kindlan, döi die Welt so verocht,
hot er immer no 's liabast sein Himml aufgmocht.
Do host no an Apferl, und tua, wiar i sog,
und i kamat zur Bäurin, bol i ondasta mog.
Und a Kreuzl vun Weichbrunn wird's do no daloabm
und so spring in Gottsnomm und kimm glücklana hoam!

Da Bua

Heut waar's scha bold frisch, ligg da Reif aufn Klee,
vun dar Olm intan Nepl schaut's her scha wia Schnee,

die Kraah klaubm duat 's laari Hofafeld o,
in a vierzechn Täg is Ollahalan scha do.
Hiaz hoaz i a Feuerl ban Stoanofn auf
und leg in die Gluat sauba Erdruabn drauf;
und schneid ma vun Kranawettboschn dawal
an Goaßlstiel außa, schöa schwinki und hal,
doß as Gflacht mitn gwachsltn Schmiß na so knollt,
wann i aufziach und schnolz, wiar a Schuß übern Wold.
Da Regerl geht's bessa, koa Dokta in Haus,
wann sie Goffaschmolz schmiern, geht's a so wiedar aus.
Unsa Schullehra hot mir a Gschichtnbuach gebm
und i wußt ma net bold wo a schöanaras Lebm,
ols Schoufholta bleibm, dawal's a so geht,
— na grod a Poar Schuach, wann i eppa no hätt. —

Ols Olmholta

Trihullioh! Und vuns Hoachbauanholt
siacht ma weit aus üba Grobm und Wold,
Kirchnan und Schlössa und Örta glei gnua
und a drei Dutzend Saubauern dazua.

Trihullioh! Und hiaz drahr i an Schmiß,
wia's für mei Goaßlflacht anständi is,
doß ma meintswegn bis außi auf Wean
's Schnolzn vun Hoachbauanholta kann hörn.

Trihullioh! Obar ih und juhe,
jauz üban Grobm und umi zan Schnee,
wia da so odörrt ba kloan in da Ries,
wals ma grod justament heut danoch is.

Trihullioh! Und am Sunnta in d' Fruah
wix i mi z'samm und spring Lankowitz zua,
und nochn Omt wird Tabakpfeifn kaft,
und wann's um d' Regerl geht, rund a weng grafft.

Trihullioh! Und hüa Bläß und hüa Braun,
d' Sunn geht schan umi, mia müaßn uns gschlaun.
Kniatiaf meintswegn heut straah mar enk 's Stroh.
i und dieselbige — trihullioh!

Ols Moar

In da Fruah

Meld't si da Tog schun on, 's grawalat schun,
zwiagazt a Schwalberl net intn ban Brunn?
Scha! Und die Kirchnuhr, grod schlogg sie drei,
foahrt net da Sternwirtknecht druntn vorbei?
Der muaß a Herrschoft führn heut üba d' Olm
goar bis auf Judnburg; mein, und an holbm
Tog hot a fleißi z' fodn, wann das na richt,
doß bei den grobm Weg weita nix bricht.
— Oba wos Judnburg, Herrschoftn führn,
mir müassn heut mit da Sengsn gutschiern!
Sulltn die Wiesn maahn drobm ban Kreuz,
steng ma sex Mohda z'samm, Herrgott, mi gfreuts!
Hobm mar an holbm Tog fleißi zan maahn,
wann na die Weiba gfulgn hintadrein z' strahn.
Wann i mei Sengsn wetz, jauz i weitaus,
doß goar die Regerl hört druntn ban Haus.
Fix, in ra holbm Stund kimmb scha die Sunn:
Eini in d' Housn und obi zan Brunn!

Mittag

Wischts na die Sengsn o, alfi hot's gschlogn,
siach scha die Kost nochn Steig aufatrogn;
intas 'n Hoslroan duat bei da Quelln
mog sie 'n Greanlan zan küahln einstelln.

Duat intas Lärchnbam siacht ma schöan an
bis übers Aibl auf Groß-Florian.
Drent übers Grobm ban Ulz jausnant sie a,
waar a schöans Örtl, wann's sunnseiti waar.
„Ob i net deant duat hätt etlani Joahr,
ob net die Kuna selm Mittadirn woar?"
Büarscherl, und hüat die fein mit so na Frog,
i hon mei Leta na deant, wor i mog!
Steht in mein Büachl drein groaßmächti gschriebm:
„Ist treu und fleißig im Dienst stets verbliebm."
Fleißi und treu ols Knecht, Bua, is a Woart,
no han i net bei dir viel davon gwoahrt!
Ziachat bold finster auf her übers Koar,
auf, und dar Oarbat zua! No bin i Moar!

Feierabend

D' Mohdn sand olli broat't, läutn schun Segn,
geht's na voran schöa stad, glei kimm i zwegn.
Schau do nur oamol no füri aufs Eck,
gengan draußt immramol zwoa guati Böck;
'n bessern, den muaß i no ausspegaliern,
nachtn ban Straarechn hon i'n kunnt spürn.
Laar is da weiti Schlog, hon i leicht ghuast?
So wul, a Weibaleut! „Deandl, wos tuast?"
Roatbir hot s' noch da Zal aufgreiht am Gros,
holt mir s' schöa gschami für: „Schmeckat dir dos?"
Regerl, doß du herkimmst, hätt i net denkt,
dir, wann i Moar net waar, bliebat's net gschenkt!
So oba — woaßt jo eh — Deanstbotenleut
hant für an redlanan Hausstand net Zeit.
Und wia 's Zigeunavulk wolgn umanond
waar für zwa rechti Leut namla a Schond.
Hiatn koa Hoamat net, hiatn koan Herd,
und z'lest banonda koan Plotz inta d' Erd.

San holt zwoa Bleamerl, alloan auf der Weid,
döi a in rauchn Wind 's Lebm no gfreut!
Und stengan i und du z'samm in da Ghoam,
is uns koa Deanst net z' hoart, gelt! Und hiaz hoam!

Ols Olta

Todkrank

In Gottsnam, wann's sein muaß, i hon nix dagegn,
und nachtn no spot woar da Pfoara vasegn,
und heunt hon i'n Dokta za da Bäurin ghört sogn:
„Da Nandl wird neama, a z'sammgschundna Schrogn —"
Dos glab i! Zerscht Holta und nocha zechn Joahr
als Roßknecht und seither schun immar ols Moar!
Und immar in oan und denselbign Haus,
und je höcha die Joahr, desto mehr gebn s' aus —.
Hiaz hant sie mi richti ins Stüberl herbet't,
und auf und auf Leiwat, i valongat's goar net.
Waar namla wul liaba in Stoll intn glegn,
kunnt olli biat gmüatli zan Viech umisegn;
steht 's Bett schöan in Winkl und a Brett bei da Wond,
und olls, wos i brauch, so kamod bei da Hond:
Mei Bauernkalenda, as Kranawettöl,
mei Sockuhr, die Pfeifn — und grod für die Sell
zan Trost noch a Betn, wann's mi lust in da Nocht —
oba sist is mei Fried mit mein Herrgott scha gmocht.
Da Baua, die Bäurin san guat mit mir gwäin,
han mi nia derft beklogn übar ungschoffne Redn;
bin a mit die Deanstleut in da Güatn auskemm,
mei — und d' Regerl, döi möcht i am liabstn mitnemm!
Seit s' da Stier so hot tretn, no ols a kloans Kind,
geaht sie krump, oba no wiar a Wieserl so gschwind.

Ban Tog hot s' ihr Oarbat, dafür olli Nocht
is sie gsessn ban Bett und hot still bei mir gwocht
und olli zwoa Stund mir an Löffl eingebm
vun da Hilf und mi gwartat mit Legn und Hebm,
und intadrein noch aus'n Betbüachl bet't,
— wos dos Leutl enk guat is, ma glabat's goar net!
Wos i sist muaß valossn, dos druckt mi net hoart;
oba hunnat Guldn Geld hon i namla daspoart
für a saubere Truchn und a onständis Gläut
und die Leich mit oan Geistlan, mehr trogg's neama heut.
Da Fronz kriag mei Pfeifn, da Jirgl a Gwond,
die Regerl mei Sockuhr; und die Hausleut allsont
kriagn nochar an Trunk drin in Moarkt auf da Post,
ligg scha 's Geld in mein Kupferl, wos olls mitnond kost't.
Und hiaz, du mei Heilond und unsri liabi Fraun,
will i gern in die ewige Seligkeit schaun.
Und so gehr i's getrost hiaz ins himmlischi Lond,
olli Freund und Bekonntn — Pfüat Gott mitanond!

Die Leich

Und so waar's übastondn, und net amol hoart,
hätt bold 's Zügnglöckl bei an Hoar übawoahrt.
Und hiaz lig i schöa hoach mäuserlstill aufn Schrogn
in Sunntagwond, bis mi in Freithof austrogn.
Dos Hebliad, dos olti, heut hör i's erst gern
und möcht in da Truchn no hoffarti wern,
wia hiaz die Vetranan, wal i a oana woar,
in Schritt und Tritt hermarschiern nebms da Boahr.
Und d' Weibsleut am Weg tuschlnt: „Do schaut ma her,
hiaz spieln s' goar 'n Nandl mit da Blechmusi her!"
Und da Pfoara ban Grob hot schöa betat und z'lest
no die Truchn hintnoch mit'n Sprengwodl gnetzt.
Und meini drei Schuß hon i a no müan hobm,
wal sie oan, der in Kriag woar, net ondat begrobm. —

Und hiaz sand sie hoamzua, just d' Regerl alloan
hot no still üban Grob mit an Kranzerl wos z' toan.
Geh, Regerl, geh hoam a, schau, 's Viech braucht di z'haus.
do bist ma nix ghulfn, die Liabschoft is aus —
I woaß, wias d' di gsorgt host dei Leta um mi,
in dar Ewigkeit drobm will i woartn auf di!

In Himml

In Ewigkeitamen — hätt's mei Leta net denkt,
doß herobm in Himml oan die Zeit so belängt!
Ban Sitzn und Betn wurd ma bold a weng staar
wonn na grod no a weani an Oarbat do waar!
Tat gern a weng bastln, an Regn zuatrogn,
an Schneereiter flickn, an Dunnakal bschlogn —
Oba mein, unsa Herrgott is schun a so gwöhnt,
hot eh no sei Plog mitn Weltregiment.
I han 'n Herrn Petrus schöa fleißi anbitt
um an oanschichtis Platzl, wann das onnasta litt,
schöa nochand ban Tor, wo i'n Weihrauch no riach,
wann die Regerl gach kammat, doß i s' net übasiach.
Die Zeit is in Himml so viel leicht übasegn,
drei Jahrl hot's dauert, do kimmb s' akratt zwegn.
Und wia liabli und sauba dos Leutl enk woar,
mitn Rosmarinkranzerl in schneeweißn Hoar!
Jo Regerl! Jo Saxn! Und net amol krump!
I waar gegn deina bold a haliga Lump!
So kimm na schöan eina, hiaz gehmas mitnond
fuataus nochn Himml und keck Hond in Hond!
Hot hisch a Wal dauert, bis ma z'sammkemman san,
o du tausndliabs Leutl — und döi Freud, döir i han!
Auf der Erd is net gong, wann oans heiratn wullt,
in Himml geht's leichta, as braucht na Geduld.
Hiaz blang's mi net obi mehr weitar um d' Welt,
hiaz is ma da Himml net foal um olls Geld!
Unsa Herrgott, vazeich ma's, wann hiaz für mi gwiß
dein Himml mein richtiga Himml erst is!

Ohne Beruf

Naxt hon i af Votschberg zan Gricht obi müaßt
— wal da Förschta hätt, moan i, an Reachbock einbüaßt.
Do ziacht mi da Schreiba erst lang umanond,
wer i waar und woher und so furt nochanond,
Und wiar a mi frogg, wos i waar, sog i recht:
„Olmholta in Summa und Winters a Knecht!"
Moant da Richta zan Schreiba, doß olli Leut hörnt:
„Hat keinen Beruf und auch sonst nichts gelernt."
Drauf moch i mei Aussog schöa longsom und diegn,
— und hant mar akratt a nix nochweisn mügn.

Ban Hoamgeahn, da hon i a Viertl müaßt nemm,
do is mir erst longsom die Goll übakemm!
„Hat keinen Beruf und auch sonst nichts gelernt!"
Jo, wos woaß so a Herr denn, wos unseroan deant,
wos unseroans braucht, wos da kinn muaß und wogn,
wann da holbwegs si redli durchs Lebm will schlogn.

Scha die Oarbat in Summa ban Viech auf da Weid
und 's Winters ban Ofn frißt namla viel Zeit.
Oba wos i no sist woaß, is a net grod schlecht,
is moncha scha kemm, der ma's olernan möcht:
Konn zwoaschneidi pfeifn und maultrummlschlogn,
und z' jauzn derf koana nebm meina si wogn;
und Gaßlsprüch woaß i und Dreidudla gnua
und je höcha, je liaba, wann i drübaschlogn tua.

Und mein Steirischn tonz i so gschmeidi und stad
mit an vulln Glos Schilcher am Kopf, doß akratt
net a Tröpferl vun Wein eppa schweppazt danebm.
Na und wann sie scha richti zan raffn onhebm,
hon i ollwal ols Lesta die Stubm ausgramt,
doß da Stiagnwirtseferl no heut davon tramt.
Und Sunntas auf d' Schiaßstatt, in da Kuglstatt drein,
as besseri Best ghört holt ollimol mein;
oan Schuß nochn onnan nogl i eini am Fleck
und mei gwisserer Schub san drei Kegl von Eck.
Und erst auf die Pürschplatz in Summa — holt jo! —
hon i kleba no blattlt, steht da Kreuzbock scha do!

„Hat sonst nichts gelernt — —!" Fix, i möcht so Oan segn
ban Schwoarzblattlfong oder Fischreischnlegn!
Und erst ba die Deandl — wo jeder Mensch woaß,
wia viel hoamlani Redn und lustigi Gspoaß
dos kost't, bis dar Oani auf d' Seitn host brocht;
und dos Lafn und Springen in da stockfinstern Nocht,
bis d' die onnan Buam olli mitz'samm übatauchst
und sie richtig so ogricht't host, wias das grod brauchst.

„Hat keinen Beruf und auch sonst nichts gelernt —!"
Hiaz wann i'n na do hiat, wia kloan wurd a dernt!
Oba mein Gott, wos woaß so a Richta davon,
wann da glei a net dumm is und a fleißiga Monn.
Do kunnt a meintwegn sei Leta studiern:
Schutt nar eina in Grobm kemm und selba probiern!

Schotter

Mir kemman vun koan Gloshaus her,
mir kemman aus 'n Grobm,
ban uns singg koa Kanarivogl,
ban uns, do kraahn die Robm.

A hoarti Muatta is die Wond,
do hoaßt's glei „Dynamit!"
Und olsa kloana wern ma schon
her üba d' Stroßn gschütt.

Mir hobm koan Schottn gegn die Sunn
und vor'n Regn koa Doch,
ob's uns in Winta gfriasn tuat,
koa Teufl frogg danoch.

Uns schaut so leicht net oaner an,
na grod a brava Knecht
nimmb unsaroans still in die Hond:
„Der Schotter waar scha recht!"

Er brauchat uns in d' Hond net nemm,
er sachat's eh a so,
doß mir net woachi Knödl san
und koa hoffartis Stroh.

Am meistn san uns d' Auto feind,
und kinntn's do derkenn,
doß erst von uns die Stroßn wird
so hasn wiar a Tenn.

Sie flitznt in die weiti Welt,
mir bleibm still am Fleck,
und wann mir redli ausdeant homm,
so hoaßn s' uns no Dreck!

Waarn mir net, losat 's Auto bold
kurznothi neban Zaun,
und kinnt stotts nochn Stefansturn
auf d' negste Hifl schaun.

Und so geht's übroll auf da Welt,
denkt koana von enk Noarrn:
Wann mir net fester Schotter waarn,
kinnts ös net lusti foahrn!

In der Fruah

Die Wäscherinnen, wann's so woar,
hant z' woschn anghebb schun um zwoa;
um holba drei hant schun in Stoll
die Roßknecht eingschütt 's erstimol;
um drei woarn d' Mohda schun bereit,
wal 's Gros in Tau si liaba schneid't;
um vieri hot die Kuchldirn
schun aufghoazt und ghebb Sterz anrühm,
doß jo um fünfi d' Leut allsant
schun eahna rechtas Fruahsta hant,
und wal um döi Zeit d' Roßknecht schun
eingspannt und gwassert hobm ban Brunn.
Um sechsi woar der Hausherr längst
scha vor der Schmittn mit sein Hengst,
und d' Muatta hot, soweit sie glengg,
schun auf der Bloach die Leinwat gsprengg.
Um siebmi woar die olti Moahm
scha vun der erstn Meß dahoam,
und uman ochti woar die Schul
vun Buaman und vun Dirndl vull.

So fruah hot für die olti Zeit
der liabe Tog anghebb —
und heut?
Heut trutzt da ollerjüngsti Knecht:
„I kumm um jedi Stund no recht;

döi Oarbat, döir i kann und mog,
i richt s' leicht in oan Nochmittog —"
Mi wunnat's nur, doß d' Sunn a heut
no aufgeht um die gnannte Zeit.
So bin i do am Wiesnroan
no mit mein Herrgott schöan alloan
und kann mit eahm vor Tau und Tog
olls ausredn, wiar i's möcht und mog,
— und ob's mit seiner Gnod und Güat
denn neama so wia oanmol wird —.

Die Vorfreud

Die Vorfreud hot, wann i's so richti betrocht,
mi völli no ollzeit am glücklichstn gmocht;
ob's kimmb odar ausbleibb, du schmeckst's scha voraus,
wia 'n Gruchn vun Bratl in an Hommaherrnhaus.
Und oft inta d' Oarbat, do roat i scha still,
wos i olls mir vagunn und no anstelln will —.

In Irta, do treib i an Terz und a Kolm
fürn Angerwirt z' Edelschrott eini in d' Olm;
do trutz i'n Höchwirt an Wein aus 'n Gsperr,
koa Bründl in Himml rinnt lautara her.
Und zan Oswaldisunnta, do suach i mei Moahm
goar hint in da Koanach a wiedramol hoam;
do trogg's ma, wonn 's Weibl na holbwegs si weist,
a Gselchts und drei Stamperl an Kranawettgeist.

Und üba drei Wochn is Kirta z' Sankt Hemm,
do will i mit meini Kumratn z'sammkemm.
Und glei nochn Hochamt, do gfreu i mi schon,
hoaßt's drentn ban Schmiedwirt: „Gehts, sings uns oans on,
a Jaga-, a Wildschütznliad, oba glei!"

Und mir — na, mir singan holt her noch da Reih,
oans schöana wia 's ondri, da losn die Leut,
wia je höcha, je liaba mi 's Uibaschlogn gfreut!
Und mei frischasta Jauza is Oana vamoant,
dö drentn in Garterl ban Opflbam loahnt —.

Oba dos is no ollas nix, wann ma's so nimmb,
gegn dos, wos in Hirbst zan Kloafrauntog kimmb:
Do gehn i und dieselbigi, wanns sa si tat —
no homm mas net ausgred't, oba kemm tuat's akrat —,
do gehn i und die Liesl mitnond zan Oltoar,
und i gfreu mi scha heut auf dos Gred und dos Gschroa.
So hon i'n Advent schun a hondsoms Quotier
und steh mittn in Winta hellauf in da Blüah!

So moant ma, so hon i mi 's gonzi Joahr gfreut!
Und wiar is dann kemman — du liabasti Zeit!

'n Höchwirt sein Wein — is a Krautsuppn gwöin!
Und die Moahm hot mi ogspeist mit hantigi Redn:
I waar no koa Monn, der scha heirotn müaßt,
hätt eh no jeds Deandl mitn Schöatoa vawüast.
Und am Kirta z' Sankt Hemm hätt ma singan grod mögn,
kemman etlani Karntna mit Trutzliadl zwegn.
Mir homm net long gwartlt und greifn glei z'samm —
Mensch, hant sie mit glottnt selm, auf in Gottsnam!
Und in Hirbst zan Kloafrauntog, Sakaradi!
hot die Liesl wul gheirascht, jo — oba net mi!
Mitn Stegmüllafronz is sie kirchnzua gfodn
und i han am Bichl die Pölla derft lodn!
Und mei hondsoms Quotier fürn Winta — o mein!
hot z'lest ba da Moahm in da Koanach müan sein.
Sie plangt's schan ums Sterbm, um an himmlischn Loah
(— und i wißt herintn no ollahond z' toa!);
sie bugglt in d' Kirchn, i rach aufn Plotz,
sie schaut aus um an Himml, i um an neugn Schotz —
und so lebm ma, bis da Guggaz in dar Olm wieder schreit,
holt dawal so schöa still — vun da Vorfreudigkeit!

Der Dichter

Die Stiagnwirtseferl sogg: „Ligi, hiaz los!
Do drein sitzt a Gost, kloavazwickt und kurios,
waar, moan i, a Dichta und bleibb net long do,
wann da die eppa ausfrogg, sei freundli —“
„Holt jo!“
Da Ligerl hot gleim in die Stubm einigsegn,
kimmb a lankhosats Mandl mit Glosaugn zwegn:
‚Wie heißt du, was ist wohl dein Tun und dein Treiben?‘
„Eligius Döllerer loß i mi schreibm.“
‚Und jagst wohl auf Gemsen hoch droben im Gewänd?‘
„Na, mistführn tuar i ban Bochbauern drent —“
‚Wann jubelt dein Herz wohl am seligsten auf?‘
„Ban türgischn Sterz mitra Schwommsuppn drauf.“
‚Wenn die Samstagnacht webt über Dörflein und Flur —?‘
„Tan ma schnopsn ban Blochwirt bis Sunnti in d' Fruah.“
‚Wenn dann in der Kirche die Orgel erbraust —?‘
„Muaß i keglaufsetzn ban Literlwirt draußt.“
‚Wenn die Bergfinken droben im Wald jubiliern —?‘
„Muaß ma Leimspindl legn und mit Schuastapech schmiern.“
‚Und hast du kein Dirndl zum Kosen und Lieben?‘
„Bei da Roanwebanani bin i öfta vabliebm —“
‚Nein, ich mein, deren Sinnen aufs Küssen nur geht —‘
„I woaß scha, na, sulchtane gibt's bei uns net.“
‚— die errötend erschrickt vor dem werbenden Mann —‘
„O mei, dos kimmb ols nur aufs Ausredn an.“
‚Und dann naht ein andrer, und du bist ihr null —‘
„Den schiaß i va hintn mit Sauborschtn vull!“
‚Dann liegt er im Blute, von Tränen betaut —‘
„Dann is Zeit, doß ma si ums Alibi umschaut.
Koa Zeug, und olls laugnan, nar olaugnan rund,
dalogn, doß ma 's Richterl net drankriagn kunnt.“
‚Und wenn er dich freisprach, so gehst du doch hin,
deinem Pfarrherrn zu beichten mit reuigem Sinn?‘
„'n Pforra? Do bleib i erst recht in da Stodt,
doß unsaroans oamol a Ausheitran hot.

Do loß i's erst fürigehn, Saggaralent,
doß a jeds 'n Eligius Döllerer kennt!"
‚Entsetzlich, du Ärmster, und mahnt dich denn da
kein schüchternes Stimmlein zur Selbsteinkehr —?'

„Na!"

‚Ringt denn nicht dein Wesen, der Scholle so nah,
dann wenigstens heimlich um Läuterung —'

„Na!"

‚Um Gottswilln, stille! — Ich zahl schon den Wein —'
„Tua mi fleißi bedonkn, hot leicht kinnan sein!"

Der Kirchenschütz

I bin an olta Kirchnschütz,
i hon 'n Dunner und 'n Blitz
in meini eisern Pöller glodn
und hot do weiter neamd an Schodn.

Die Oastern, Pfingstn, und auf d'lest
in Hirbst zan Patrozinifest
und wann's holt sista Brauch is gwädn,
do loß i meini Pöller redn.

Kimmb goar da Bischof firman gfodn,
so hon i meini Stuck scha glodn
und vor der Reid an Buam aufgstellt,
doß er mir's jo rechtzeiti meld't,

und greif ums roati Eisn glei
und loß as krochn noch da Reih;
dos tümmlt gegn 's Kirchndoch
und rullt no in dar Olm hint noch.

Frali, vun Kleschn um die Oahrn
bin i ba kloa stockterrisch worn
und hör drein zeitnweis a Zwilln
und Singan wia vun lauta Grilln.

I hör koan Orgl und koa Singan
und muaß destwegn mein Opfer bringan
mein Herrgott nur auf greana Weid
bis in die weiti Ewigkeit.

Wann nocha übern Freithofrosn
weit uma die Posaunen blosn
zan Jüngstn Tog, döi hör i gwiß
und woaß, doß Zeit zan Aufsteahn is.

Nimm meini Pöller intan Oarm
und steh vor'n Herrgott bettloarm
in Sunntajanka, lonk und dürr,
und bring vor eahm mei Sprüchl für:

„I hiat mi bold net zuwatraut,
meini Katzlan tuant a weani laut
und woarn holt do mei Hauptgebet,
wer mi net kennt, der glabat's net:

No hot mei Schuß koan Himml gsprengg,
mei Blitz hot no koa Troad vasengg,
woar olls na Dir zan Lob und Preis,
und, wiar i roat, bold zentnerweis'.

Hiaz hiat i holt an extran Glust:
Wann i dieselbi Werkstott wußt,
wo Deini Herrgottsdunna krochn,
do wullt i mi stad zuwimochn,

und liaßat meini Kirchngschütz
hell inta Deini Himmlsblitz
auftümmln, doß oft Oana sogg:
‚Dos klescht jo wia ban Pöllerjogg!‘

Und ziachat a wilds Wetter auf,
und reitatn siebm Hexn drauf,
kam i mit mein Florianisegn
und meini gröbstn Eisn zwegn.

So bin i aft in meiner Pfoarr
no nochn Toad der guati Noarr,
und wiahr 'n Dunna und 'n Blitz
in Himml no ols Kirchnschütz!"

Umstimmung

Ols Oarbatsmensch lobm s' mi net umasist,
is koan Oarbat no gwest, dör i anzgeahn net wüßt.
Longaus tur i guat, brauch zan Trunk nur an Brunn,
geh zan Betläutn liegn, steh auf mit da Sunn.
und jauzt Oana richti noch Mittinocht für,
bin i stulz, doß i neama nia so Oana wir.

Oba gach amol kimmb's ma, und as juckt mi so rar,
wia wonn intas da Pfoad olls vull Omasn waar.
Do gfreut mi koa Roß mehr, koa Einsponn, koa Fodn,
koa Vortl und Gripf mehr ban Lankhulzauflodn.

Do treibb's mi fuataus und 'n Literlwirt zua,
und kecka wiar i is net leicht wo a Bua.
As Kartln, die Kuglstott, olls wird vasuacht
und intadrein aufgrebellt, gschultn und gfluacht.

Bis die Kellnarin scheppert: „He, Sperrstund! —
Wos schofst?“
„No an Wein — und ’n Schlüssl zan Kammerl,
wos d’ schlofst —“
„So oan kunnt i brauchn, auf, auf, und geh zua —“
Mensch, dos braucht an Egnst, bis i hoamfindn tua!

Und suach nocha sündla mei Knechtkammerl auf,
schmeiß as Gwond in die Truchn und ’n Huat obmauf.
Sogg da Kumpf za da Sengsan: „Er hot’s schun aso,
und wonn’s ’n a übadraht, hoam kimmb a do!“

Woarts, Kampl, enk zoag i scha morgn ’n Herrn,
i mog um so Gsindl nur heut mi net schern.
Und z’ morgns, do treibb’s mi akratt aus ’n Bett,
wia wonn i mei Leta net umgschmissn hätt.

Bin wiedar a Knecht und schind mi zua Buaß
— just doß i ban Brunn öftar owassern muaß —.
Trog wieda ’n Fohn ban Aloisivarein —
hiaz sullt mar oans sogn, wia so was konn sein?!

Der Einleger

A kolts Kammerl, a kloas Betterl,
a kloas Fensterl, dick vafrorn,
inta d’ Hüll a klebers Lötterl,
zuadeckt schwaar bis üba d’ Ohrn.

Schaut mit trüabi, olti Augn
umi noch da Guggazuahr,
hot scha long net mehr wullt taugn,
immramol bleib ’s Türl zua.

Medizin? Ma braucht net klogn,
„oll zwoa Stund oan Löffl vull“,
oba mein, an olta Schrogn,
wos dos weita helfn sull.

’s gonzi lonki Lebm gschundn,
— und wia gern! — so long’s is gong,
oba hiaz, in Bett, döi Stundn
wurdn oan bold richti long.

Betn? Jo! Und wann’s na schmeckat,
just a Pfeiferl intadrein,
oba so — ja wonn’s so kleckat,
immramol a Glaserl Wein.

Wein? I hon scha long koan gsegn,
imma nur der Eibischtee,
grod in d’ Fruah kimmt d’ Nandl zwegn
mit an Schallerl Kneippkaffee.

Hört ma drunt net Schlittn schelln?
Strafnt Bloch wull auf die Sog;
döi hant’s leicht, döi junkn Gselln,
so a frischa Wintatog!

Läutn sie net hiaz vun Turn,
— muaß die kloane Gloggn sein —
is leicht oana übras wurn,
wullt oan ’s Lebm neama gfreun?

Schlittngläut und Zügnglöckl,
Tod und Lebm eng banond,
und mi tat’s ums lodni Röckl
für die Oarbat völli ahnd!

No hant sie für mi net gläutat,
wiar a Lärchnringn zach,
und wer woaß, der Tod dareitat
früaga noch an Junkn gach.

Wäi hot klockt? Ja so, die Nandl,
immar eina, und hoaz auf,
stell zan Herd as Millipfandl,
ziach die Guggazuahr frisch auf!

Suachst mei Röckl aus ’n Kostn,
stücklst d’ Hosn aus recht schön,
i mog neama länga rostn,
morgn will i kirchngehn!

Bauernhausen

Da Hausbrunn wiagazt „long scha laar!“
die Radl raunzn „ollas z’ schwaar!“
da Webstuhl janzt „bockstara Lodn!“
die Pfluagschoar kreistet „truckna Bodn!“
die Eggn stulpert „sperri Gründ!“
da Hofa huscherlt „kolti Wind!“
die Sichl heschatzt „Stoan und Dorn!“
die Hausmühl klappert „magers Korn!“
da Dochstuhl janzt „in Gottesnam,
bold foll i eh vun selba z’samm!“

So leiert holt joahrein, joahraus
dö speri Musi rund ums Haus;
und nur da Fink singg in dar Au:
„Die gonzi Welt is himmelblau!“

Dahoam

Zwoa Bauern — sie hant si no weiter net kennt —
foahrn hoamzua vun Fetznmorkt drobm auf da Lend
mitn Obndzug, der — wann ma’s ganz genau nimmb —
gern so uma neuni af die Wies zuwakimmb.
Sie rachn und roatn und schaun schöa stad
a jeds bei sein Fenster, wia die Gegnd si draht.

Dar Oa waar bold völli da Noblari gwäin,
und so follt's eahm gach ein, er sullt do amol redn.
A Stückl vor Straßgang scha kimmb's eahm in Sinn,
und gleim vor Premstättn frogg a richti: „Wohinn?"
‚Auf die Wies', sogg dar Oa, und da Andre: „O mein!
Do kimmst heut scha tiaf in die Finsternus 'nein.
Bist nochand bei Wies?" ‚Na, vun Wies han i holt
noch da Stroßn a Stund bis in Moarkt Eibiswold.'
„So wuhl, Eibiswold! I bin durt net bekonnt,
host gwiß a schöas Gschäftl durt wo umanond?"
‚Grod z' Eibiswold net; von duat gehr i rund
übern Berg auf Sankt Oswold in zwoaraholb Stund.'
„In Gottsnamm! Sankt Oswold! Host sicha do hint
a lonkwalas Hausn und stücklane Gründ?"
‚Waar weita net aus, und as taugat ma schier,
waar's wo ondat net schöana als z' Oswold —' „Jo wia?"
‚Vun Oswold aus gehr i holt sistn akrat
no drei Stund in die Soboth, schöa gschmeidi und stad.'
„Herrgott in dein Reich! In die Soboth, so weit!
Do glab i's, wia nocha das Rostn di gfreut!"
‚No han i dawal in da Soboth nix z' toan,
kleba ondatholb Stund spring i furt nochn Roan
ganz gmüatli, und wir dabei net amol woam,
za da Woldhanslkeuschn,
und scha bin i dahoam!'

Dar Oanletz

Ban Moar in dar Oanletz hoaßt's sist bei mein Haus,
und waar, moan i, schun a dreihunnat Joahr aus,
doß imma da Nam aufn Hof is vabliebm
und si Oa nochn Onnan a Oanletz hot gschriebm.
Ligg mehr in a Toln, oba woarm in da Sunn,
mit drei stoanolti Nußbama obas 'n Brunn.

Und goar a liabs Örtl, so ruabi und still,
grod druntn in Pechgrobn klappert a Mühl.
Weit draußt geht die Stroßn, foahrnt d' Wagn und Leut,
so vasam i mit weisn und redn koa Zeit.
Spielt a Hoazat vorbei, foahrt a Leich still tolaus,
i hör von koa Musi, koan Betn ban Haus.

I brauch net vül Deanstleut, 's Gründl is kloan,
just an Knecht und an Herta, und is sista wos z' toan,
hon i drent in da Keuschn die krumpi Kathrein
zan Kochn und Naahn joahraus und joahrein.
Hon 's gonzi Joahr Oarbat und in Hirbst sant auf d'lest
die Oacherl in Nußbam meini gwisseren Gäst.

So a Sunnta in Summa! Wia still is's ums Haus!
Goar die Heahna sant olli ins Woazklaubm aus.
Nur i und da Guggaz tiaf drentn in Wold,
mir samma dahoam bliebm — zan Haushüatn holt.
Oba gestern, am Frauntog, host as net gsegn,
kimmb grod nochn Steig a jungs Weibaleut zwegn.
Hon sie weita net kennt, sie grüaßt und i donk,
und sie frogg, wo sie orostn kinnt auf da Bonk.
Wir kemman ins Redn; sie frogg mi, ob i
denn koa Nohterin wußt in da Nachant für sie —
zan Leintüacha saman, sie hätt Oani gfrogg,
und döi hätt vun a krumpm Kathrein ihr wos gsogg.
Und dieselbige sullt do herobm wo sein.
‚Jo', sog i, ‚do drent in da Gastkeuschn drein.'
„Selm muaß i zan ihr", sogg s' — und bleibb oba broat
nebm meina schöa sitzn und straft übas Kload.
In Wold schreit da Guggaz, da Rohrbrunnan rinnt,
und mir sitzn banonda und schaun auf die Gründ.
„Host du a schöans Korn", sogg s', „und Leut wul a gnua?"
‚Jo, i und a Knecht und a Schoufholtabua.'
„Und brauchst nia koa Weibsbild — zan Kochn, fürs Gwond —?"
‚Dazua wird dieselbige Kathl eingsponnt.'

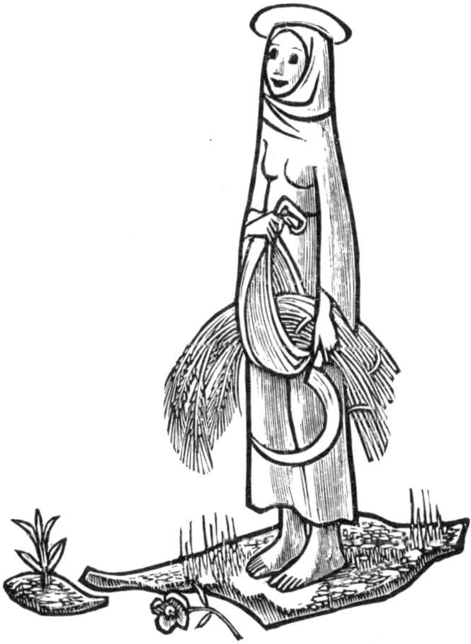

„Jo, richti, döi brauch i, dos paßt ma grod guat,
i spring schnell noch ihra!“ — und wusch! — woar sie fuat!

I schau no aufs Bankl, und wia's scha will sein,
ligg a Betbüachl duat mit an Stoanagerl drein.
Hot's richti vagessn! I will's dawal nemm
und woartn, sie wird's eh glei ohulln kemm.
Und wiar i's so aufschlog, wo 's Bleamerl drein steckt,
do hot's völli seltsom noch Nagerlblüah gschmeckt.
Und wos woar da eingmirkt? „Eine hilfreiche Bitt,
wenn die christliche Jungfrau in den Ehestand tritt.“
I bin a Weil gsessn, sie kimmb neama für —
do heb i on z' roatn: Olls steht in da Blüah,
die Schwolm hant scha Nest baut, die Joahr gehnt vorbei,
just i auf dar Oanletz bin ledi und frei,
und hon bis auf heut vun koan Weibaleut tramt,
— wo so a jungs Dirndl scha Leintüacha samt!
Kreuzsakra! 's is nur wegn 'n Nam aufn Haus,
sist schauat dos Vögerl so zwida net aus;
zan Oarbatn fest, etla zwanzg, wia ma deucht,
und sauba, blüahsauba — dadrum und vielleicht —,
wann sie noch amol kimmb, fix! Dö braucht net vül redn,
kunnt scha sein, daß i's lestimol Oanletz bin gwäin!

Der Oswaldgraben

Wer in der hintern Koanach woar,
der kinntn leichtla kennan goar,
den Grobm, der so long si ziacht,
bis ma die hasni Olm scha siacht.
Und wal jeds Ort sein Nam muaß hobm,
so hoaßt's holt duat „in Oswaldgrobm“.

In d' Mitt da Boch, und boadaseitn
vill Wold, und auf die gachn Leitn
hoch obm da und duat a Houf,
a Stoll, a Trempl für die Schouf.
Und spere Gründ! Wer do will hausn,
derf weani essn und goar nix jausn.

In Winkl owa obers Wold,
schun inta d' Olm, huckt kloan und olt
die Jagakeuschn, drein der Lenz
sein Leta haust schun, wanns 'n kennts.
Als Ferschtnabüabl duat geboarn,
aufgwoxn und a ogstellt woarn,
und wal's in Bosnien selm hot brennt,
glei obi mit sein Regiment,
sei ganze Deanstzeit druntn gmocht
und's richti a zan Führa brocht!
Hoamkemman und bold Ferschtna gwest,
sei Cilli gheirat und auf d'lest
frei olli Joahr müan godlbittn,
bis nur so gwurlt hot um die Hüttn.
Und Tog und Nocht nar in Revier,
und wia da helli Teufl schier
auf d' Wildschützn zu jeder Stund
— hätt monchar eahm a Kügerl gunnt —.

Und wia vill Noat a —! Kinna gstorbm,
die Keuschn obrennt, 's Troad verdorbm,
dos Stallerl hot die Lahn varuckt
und no dabei die Kuah dadruckt!
Als Sechzga hotn 's Weib valossn,
hot's auf da grobm Hulzkuhlstroßn
in Freithof müan lan außiführn;
und hätt si bold net möcht dawihrn,
doß eahm net goar dos Woan waar kemm
ban lestn stilln Obschiednehm.
Hot's bettet in die ewige Ruah
und wieda hoam, sein Grobm zua —.

Und wieda gwerklt hoch am Roan
als Wittiba, und ganz alloan,
in Hitz und Kältn, Sturm und Eis,
und Hoar und Boart scha schneeberlweiß.
Seit der Zeit is er stiller woarn
und hot net leicht a Wort valoarn.

Wann aber so wia heut die Herrn
drein nach der Pirsch redsali wern,
dar Oan vun durt, dar Oan vun do,
woaß Gott woher, und jeder no
möcht weita, bis ans End der Welt,
und wos ma siacht ums liabi Geld —

do sitzt da Lenz still vor'n Haus,
schaut longsom in die Weitn aus,
'n Wold, die Höf, die stücklan Gründ,
und goar die liabm Alman hint,
schmeckt, wia die lärchan Rindn riachn,
und wia in weitn Himml ziachn
hoch üban blobm Wold zwoa Robm —
und moant:
„— Jo, jo, der Oswaldgrobm!"

Die Lahn

„Die Sunn glanzt frei folasch, da Jauk is scha do,
bleischwaar schiabt's 'n Schnee übers Stodldoch o;
müats net auf die Olm heut, hat's oft schun Oans büaßt,
wann die Lahn vun da Schneid in die Klausn oschiaßt.
Erst fertn hot oani vun Lärchriegl obm
tiaf druntn in Grobm a Hausmühl vaschobm —"
Oba wos willst denn wiahrn, wann 's Redn nix nutzt,
und a bluatjunges Deandl ums Lebm so trutzt;

und wos ihr Kumrat woar, so schwaar er's a tuat —,
nochgebm hat er müaßt, jo — und so sand sie fuat!
Und so hat's müaßt kemman: Stockfinsta die Nocht,
und da Wind na so büllt, doß die Giebl hant krocht.
Mir hant uns net schlofn traut, sand na so glegn,
kimmb gegen die Fruah Oana todmüada zwegn:
Oan Schneeschuach zabrochn, 's Gsicht vulla Bluat,
'n Toad in die Augn, koan Rucksock koan Huat —
„Um Gottswilln, Leut, und nar auf auf da Stell,
die Lahn hot s' dawischt und vaschüttet, schnell, schnell!"
Und mir wuhl glei auf, meini Knecht und da Bua
und mit Krampn und Schaufln 'n Olmkoar zua.
Jo mein, wo is 's Deandl! A grausliche Lahn,
und bis in Wold obi vull Stammer und Stan!

Wos homma net gschauflt und gschauflt und pfnecht,
und intadrein glost wieda, gruafn und gspächt!
Die Sunn is scha kemman, die Olman woarn roat,
— is's da Holtabua ankemman, — starr und maustoad!
Wos hot ihr Kumrat net no Onstoltn gmocht,
auf doß er s' no oamol herwieder hätt brocht!
Uns hot er daboarmt, wia da goar so still woant,
und a so a liabs Deandl, wer hätt dos vamoant!
Und wennst dar a denkst, es hätt ausbleibm kunnt,
sie hot si holt oamol an Ausheitran gunnt,
hot die Olm no net kennt und ihr hoamlani Gfoahr,
mein Gott, so a Deanerl mit kleber zwanzg Joahr!
Ma muaß na glei glaubm, unsa Herrgott hot's wulln,
es war ihr holt aufgsetzt —, leicht hätt sie no sulln
woaß Gott wos an Bitternus kostn in Lebm,
und so hot er ihr liaba sei Himmlreich gebm.
Hiaz no a Vaterunser und a Gegrüaßetseist,
und hebbs as lind auf, doß koa Gliedl mehr reißt,
suachts Krampm und Schaufln und olles recht z'samm,
— und erst ihre Leut dahoam! — Auf in Gottsnamm!

Der Gartner

In da Koarwochn han i Buxbam gschnittn,
red't a Deandl eina übern Zaun,
— und ihr Muatta liassat mi holt recht schöa bittn,
wann i Zeit hiat, sullt i aufischaun.
Waar noat Bamer setzn und die oltn putzn,
etla Reiserl sullt i a mitnemm,
waar a Kerschbam z' pelzn, der sist nix von Nutzn,
— und ihr Veigerlstock —
„I will scha kemm!"
Woar a saubas Gründl in der Oanschicht hintn
und da Voda seit zwoa Joahr scha toat,
und wo d' Weibaleut si sist a no so schindn,
tat bold übaroll a Monnsbild noat.
Han rund Bamerl gsetzt und pelzt und putzt und
gschnittn
und as Doch ausgsteckt und gflickt und baut,
hot mi selba gfreut, i hiat's net ondat glittn,
und die Weibaleut, döi hant liacht gschaut.
Wia da Mai is kemman, woar ums kloani Güatl
nur oa Blüah, es woar die helli Procht,
und dos schwoarzi Keuscherl mit sein streban Hüatl
hot frei lusti drunta füraglocht;
lusti füraglocht mit helli Fensteräugl,
und i han mein Huat va weitn glupft,
wonn ban Gangl 's Deandl intan braunan Veigl
und die Nagerlstöck hot gschafti grupft.
Wia die Zeit vagong is, i han's rein vagessn,
hot mi olls so seltsam hoamli gfreut,
oba oamol Sunntas nochn Fruahsti essn
sog i „Bäurin", sog i, „hiaz is Zeit!"
Sogg sie kloadakemman: „San dir wul vill schuldi,
han's eh fleißi in Kalenda buacht —",
is ins Stüberl umi und hot stillgeduldi
mein Vadeanst in Trücherl z'sammangsuacht.

Mir is hoart ankemman, wia bei Bluatsvawondtn,
und dos Deanderl is ban Fensta gloahnt,
hot in d' Welt ausgschaut, wia olls in Blüah ist gstondn
— hot's net zoagn möcht, wia's hoamli woant.

„Deandl", sog i, „schau, i muaß scha sogn,
nou woar mir koa Pfiatigott so schwaar,
und die jungen Bamerl wern in Hiabst scha trogn,
— und wann sist no wos zan Pelzn waar —
hiaz in Mai waar's Zeit no, net in koltn Winta,
muaßt ma's sogn no vor'n Obschiednemm —"
Sie schaut auf brinnroata, greift noch meina hinta,
kriag mi uman Hols,
— und so is kemm!

Hochzeitsspruch

No woaß i koa schöanare Zeit wiar'n Mai,
wann alls in der Blüah steht, ma wundert si glei!
Jeds Bleamerl in Anger, jeds Vögerl in Wold,
wann sie's glei a net wissn, sie gfreun si holt.
Und für jeds is schun aufdeckt, so vill als nur mog,
in Kerschbam für die Beinl, für d' Finkerl in Schlog.
Und 's dauert net lang, hat a jeds schun sein Gspann
und hebn mitnonda zan nestbaun an;
und wann oans a nix gleichschaut, wia der zniachtaste Spotz
er suacht net lang uma und hat schun sein Schotz.
Und goar erst die Menschn, sie gspürns in Bluat,
wos für seltsame Wunder das Fruahjoar senn tuat,
drum is a zan Heirotn 's besti der Mai,
— nur a kloans Argumentl is frali dabei:
Unser Herrgott wills hobn, daß, wann schun olls blüaht,
a an Apferl, a Birndl, a Pelzkerschn wird.
Und so sull wiar a Lercherl mei Glückwunsch auffliagn:
„Glück auf! Mei liabs Paarl, — und vergeßts net auf d'
Wiagn!"

Taufspruch

Du mei kloawinzis Büabl, mit der halign Tauf
nimmb di erst die großmächtigi Christenheit auf;
is a endslonki Gschnoaßn von oanst bis auf heut,
Apostl und Bischöf und haligi Leut.
Sand a etlani drunter, denen derft ma net traun,
bis da alles dakennst, Bua, do wirst no liacht schaun!
Oba ehndadawal host as frali no guat,
und konnst schöa woarm schlofn in oana Tur fuat.
Host Fruahstuck und Jausn und olls mitanond
schöa nochant und liabli kammod bei da Hond.
Wirst gfatscht und wirst tricknt und gheidlt und ghutscht,
und wonn dir scha richti a Schmatzer ausrutscht,
so lafns und schauns und lobm dir keck,
wia die Henn, döi a guldanas Oal hot glegg.
Dei Muatta — a liabe, a kreuzbrave Frau
mitn guldanan Hoar und den wunderliabm Gschau.
Und dei Voda — a Monn her, so fleißi und gscheidt,
und so takt und so fest und so guat auf die Leut,
und mit Leib und Sell Jaga, der koa Wetta net scheucht
(wonn dar a immramol olsa laara hoamschleicht).
Und bisd' erst auf d' Füaß kimmst, wirst wieda liacht schaun
aufs Katzerl und Hunderl und Vögerl am Zaun,
und die Sunn und 'n Himml und die Bleamerl am Feld,
und bold is's die weite unendlani Welt.
Die Welt, döi aft später so grob nach dir greift
und di weit umadumjogg und modlt und schleift,
daß du immramol völli koan Othn mehr host,
und di sündla oft umschaust um a hoamlani Rost.
und sixt as, grod selm gibb sie dir's ollabest,
a liabs, a treus Weib — wonnsd' as z'findn vastehst!
Und a Ringerl, a Hoazat und wieder a Tauf,
so hot scha die Welt ihrn ewign Lauf.

Oba hiazdawal brauchst di um olls no net schern,
brauchst na gsund bleibm und wochsn und bodndiegn wern.
Und mei oanziga Wunsch für heut is nur no, doß d'
recht long no dei liabs und treus Elternhaus host!

Auf da Sunnseitn —

Auf da Sunnseitn geht da Schnee zeitlana weg,
blüahn scha d' Veigerl in Mirzn auf immaroan Fleck,
hör i oft zan Palmsunnta 'n Guggaz scha schrein,
und 'n Spielhahn va weit, wann i auf dar Olm zäun.

San die Gründ net so sper und as Troad net so laar,
waxt as Korn liaba her und da Hoba wird schwaar,
bis nach Ollahalan geht 's Viech auf da Weid,
und weit umanond is koa schöanaras Gläut.

Auf da Sunnseitn, wann schun a Wetta is kemm,
han i nia wegnan Schauer mei Zuaflucht müaßt nemm
zan halan Floriani, mein gwiassastn Mann,
grod an Woscha hot's gebm, und nix hot a tan.

Nach da Sunnseitn han i mei Lebm herbaut,
und es kimmb na drauf an, wia ma's selber anschaut,
wia ma's anschaut und schatzt, grod net z' gring und net z' hoart,
und as bittere Ort bleibt dar eh net daspoart.

Und wannst schan oft moanst, es wurd goar neama liacht,
gach kimmb dar an Eichterl, wos blob obasiacht,
nach da finstastn Nacht scheint die Sunn über d' Erd,
und die Stund, wann sie kimmb, is an Juchaza wert.

Vun da Sunnseitn han i mei Bäurin herghult,
han sie frogn net lang braucht, ob s' mi heiratn wullt,
und so long mar a hausn mitnonda in Lebm,
net oa ungschaffns Wörtl hat s' ma siderdem gebm.

Ihr stille Natur is a lautara Brunn
und mei herlebigs Gschaftln ihr hoamlani Sunn,
und es mocht ihr nix aus, woaß sie's sista a gwiß,
wann 's Mandli oft wo a weani — schattseitat is.

Alloan

Die lautastn Brünn kemant außa vun Stoan
und dei glücklichste Stund host do ollwal alloan.
Host do ollwal alloan, und es müaßat nur sein,
doß grod noch dein Steig Oane gang hintadrein.
Oane gang hintadrein, döi nix red't und nix deut't
und si grod nur an dein stilln Glücklisein gfreut.
Stilln Glücklisein gfreut, und du host's net gwißt,
warum du alloan hoamli glückli gwäin bist.

Frali —

D' Stodtleut, han i oft ghört sogn,
hondln tuat ma leicht mit söi,
wal sie net lang umafrogn
„wia denn?" oder „zwegn wöi?"
Und an Ehrlichkeit vor olln
muaß bei jedn Hondl sein,
— frali, wann s' net überzohln,
kamat nia gnua Geld herein.

’s Sochn kann ma net vaschenkn,
’s Sochn hot an höchern Wert,
und a jeder kann si denkn,
gleich auf gleich, daß dos net geaht.
Geht’s um Butter oder Hendl,
wia der Preis holt is, schlogst ein;
— frali, um a Argumentl
muaßt wul du in Vorteil sein.

Drum, an Ehrlichkeit in Wondl
is die Hauptsoch auf der Welt,
nocha mochst an leichtn Hondl:
er braucht Oa und du brauchst Geld.
So verkafst dei Soch mit Nutzn
auf dei ehrlichs Bauerngfries;
— frali, olls mogst net datrutzn,
wann der Oan der Spitzbua is!

Immaroana

Nachtn homma wieda groatat
ban Taferner auf der Wies,
was auf Oan no ollas woartat,
je danoch holt Oaner is.

Immaroan noch ols a groda
schmeißt der gachi Toad aufs Stroh,
Immaroana braucht an Boda,
— Immaroana richt’s a so.

Immaroana bschließt sei Lebm
no am höchsten Golgn gwiß,
Immaroana schlupft danebm,
— wann da mehr a Groaßer is —

Immaroana hot nix z' schoffn
mit den gonzn Weibagschmoaß,
— Immaroan loßt's net schlofn,
wann da Immaroani woaß.

Oft muaßt long mit Oan ratschn,
bis d'n auf dei Seitn host,
— Immaroana braucht a Watschn,
bis er's richti geltn loßt.

Oan follt 's Geld in Schnee in Winta,
wia da zua Rorati geht,
Immaroana bring's glei hinta
— Immaroana wieder net.

So vageht die Zeit uns lifti,
zwölfi schlogg die Kirchnuahr,
und die Wirtin peppazt gifti —
's folln ihr scha die Augn zua —:

„Doß no grad ban Wirtshauslosn
Oana wia dar Ondre is,
olli hant sie Pech auf d' Hosn,
oder wull nar auf da Wies? —"

Dar Oa

I hon in meina lodan Sell
Oan losn, der will auf da Stell
net so, wiar i will, wia's sullt sein,
der trutzt und tuschlt ewi drein:
A Toadsünd wägat net so schwaar,
wann s' nur recht keck und lusti waar,
und möcht holt imma ondat toa
  — dar Oa.

Wonn i ban Nochbarn hondln tua,
— meintwegn um a Roß, a Kuah —
vahoaß i'n holt noch rechta Weis'
mein Gwißn noch an christlan Preis.
Er oba wüßt glei mehr zan kriagn,
er waar glei gstellt zan Leutbetrüagn
und nahmat glei an höchan Loah
  — dar Oa.

Wann i am Sunnti auf die Nocht
ban Eckwirt hon a Standerl gmocht,
so gehr i holt zu glagna Zeit
hoamzua zu Weib und Christenheit.
Dos paßt eahm net! Er möcht vableibm,
möcht lumpm und si d' Zeit vatreibm,
z'lest mit da Kellnarin alloa
  — dar Oa.

Und nimmbt mi richti auf amol
mei Herrgott in sei Gnodnsool:
Neugieri waar i, wia's eahm gang,
wann i drobm Hallelujah sang,
und er müaßt still herint vableibm,
nix Koartnspilln, nix Keglscheibm, —
wos wurd er ohne meina toa
  — dar Oa.

Jo, mit da Tugnd hon i oft mei Kreuz!

Wann i Sunntas in mein Kirchnstuhl
grod recht fleißi predilosn sull,
und da Pfoarra timmlt drobm und schreit
von der menschlichen Sündhaftigkeit —
schau i oft so hoamli umanond,
und do siach i, wia zu meina Schond,
richti zwoa, dö sist koan Ondra find't,
Oan vorn stehn und Oan hint.

Ban Oltoar vorn kniat a kloana Monn,
hot a kloadaflicktas Röckerl on,
schwochi Handlan und die Füaß scha staar,
schaut er um noch meina, wo i waar.
Und i woaß, daß durt dos kloani Gfries
holt mei christli frumma Willn is.
Mensch, do denk i frali wul: Mi reut's!
Jo, mit da Tugnd hon i oft mei Kreuz!

Und bei da Tür hint siach i Oan auf d' Wocht,
gsund und foast, der immer hoamli locht,
und an vullangstopftn Bedlsock
lusti auf sein broatn Buggl trogg.
Und mei Gwissn sogg: Kohlgruabaveit,
sixt, dei menschlichi Sündhaftigkeit
hot in d' Housn neama Plotz bereits —
Jo, mit da Tugnd hon i oft mei Kreuz!

Und i denk, ban Plotzwirt is heut Musi,
und ban Stiagerl woart't auf mi die Susi —
fest und boschat, wiar i's sist gern hon —.
O du oarma schwocha kloana Monn!
Nix zan traun, wann hiaz die Predi aus is,
dö zwoa raffnt gwiß no, doß a Graus is.

Scha und richti! Wiar i aufn Plotz
mi erst hoamli umschau noch mein Schotz,
und da Kloani zupft mi still ban Frack —
kimmb da Foasti, pocktn schnell ban Gnack,
stecktn eini in sein Sock und locht,
doß dar Oa kan Meggaza mehr mocht.

I und d' Susi stengan hiaz alloa.
Si locht her auf mi: „Wia wern ma toa?"
„Jo, wia wern ma toa, du süaßi Krott,
wann die Spielleut geignan wia zan Spott!
Lusti eini, Wein und Krapfn her!
Auftan, Spielleut, mir san a no wer!"

Und so homm ma gstrampft und gscherzt und glocht
bis zan Kehraus hinta Mittanocht.
Hon s' a no a Stückl hoambegleit't
bis ins Kammerl, — doß die Tür net schreit!
Wiar i hoam bin, woar's scha liacht bereits.
Drum, mit da Tugnd hon i oft mei Kreuz!

Jo do eppa net!

Mir homm ins Haus a Töchterl gnumm
von meina Moahm, rechtschoffn frumm,
doß sie in Dorf a Bildung lernt,
bis hiaz hot s' nur ban Bauan deant.
Hiaz redn die Leut, es waar die Gfoahr,
wal s' sauber is und siebzehn Joahr,
doß Oana auf dos Deandl geht
— Ja do eppa net!

Mei Olti schloft in Stüberl nebm,
dö muaß auf ihra Ochtan gebm,
daß sie, wann so a Lecka pfeift,
rund um die Oufngobl greift.
— Es müat na sein, er waar so gscheit
und kamat von da hintern Seit,
wo koans den Sakra hörn tät —
— Ja do eppa net!

Mein Gott, as Fensterln konnst koan wiahrn,
wann sie in Ehrn dischgurirn.
— Es müat na sein, daß i akratt
ban Wirt a weani lumpn tat,
und 's Weib vaschlofat just recht fest,
und der Lumpazi fandat 's Nest
und 's Vögerl woarm in Fedabett —
— Ja do eppa net!

Und wann's scha waar — es waar uns load —
mir hättn's richti übawoahrt,
es braucht destwegn net gfahlt scha sein,
a jedes Wetta schlogg net ein.
— Es müat na sein, dawal mir zwoa
aufpaßn schun a Vierteljoahr,
hätt sie scha mit da Hebamm gred't!
— Ja do eppa net!

Drum hon i, doß jo nix passiert,
mei Olti hiaz ins Kammerl gspirrt,
und 's Deandl schloft bei mir hervoar
in Stüberl, wo die Olti woar.
— Es müat na sein, doß er's net wüßt,
der oarmi Noarr, und statt wia sist
mei Olti sauba holsn tät!
— Ja do eppa net!

Milchdiät

Wal's mir schun seit an holbm Joahr
in Mogn oft recht unguat woar,
han i ma denkt: Hiaz häst just Zeit,
anbaut is olls, die Les no weit —,
gehst außi auf Sankt Kunigund —
is eh grod morgn Kirta drunt —
wal s' vor an gschicktn Boda hamm —.
Am bestn is, du packst di z'samm
und mochst di morgn rund auf d' Roas,
  ob der wos woaß.

Da Boda, recht a takta Monn,
hebt rund um mi zan losn an.
A Wossa? „Jo, dos hätt i mit,
nur grod a Maul vull is vaschütt —"
Von drei, vier Flaschln schenkt a z'samm,
schupft's auf und moant: „In Gottesnamm,
bis die Dolores erst aufhörn,
wern a die Schmerzn besser wern.
Nimmst olli Stund an Löffl vull,
und hüat di vor'n Alkohul;
und wann's scha goar net ondast geht —
  holt Milchdiät!"

Dos woar dir weiter net a Gsäuß,
wiar i bin hoamkemm! Häferlweis
vun früagn Morgn bis auf d' Nocht
hant sie die Milli zubabrocht!
Und wann i spot no dann und wann
stad an a Kammerl anklockt han,
frogt net vun Bett her süaß die Zilli:
  „Willst gwiß a Milli?"

Kreuzsakra! Wann dir sist nix fahlt,
grod doß in Mogn oamol krallt,
und waarst zu olln gstellt und willi,
und umadum kriagst nix wia Milli —;
dos is koa Lebm! Heut sauf i z'haus
mei Noagl Medizin no aus,
in Gottsnamm, oba morgn auf d' Nocht
wird Modi gmocht!

Ban Hulzknechtball ban intern Schores
sant leicht no mehra mit Dolores,
und koana schert si, jeda tonzt,
doß eahm vor Schwitz die Nosn glonzt —
Dos is mei Kur, dos tuat ma guat,
dos riglt auf mei hitzas Bluat!
Und a die Deandl hant a Freud,
wann s' Oana nocha hoambegleit't;
— froggs nur die Zilli übers Joahr,
wer's woar!

Wann —

Oft so intan Liegn
roat i mi schwaar,
wann i waar vaheirat,
besser ob's net waar —
und i woaß, da drobm
ban Roanwebaveit
hör i Oani lobm,
und net dumm soweit.

Auffi, wann i sprangat,
d' Schneid, wann i hätt,
eini, wann i gangat,
losn, wann sie tät;

rund, wann i s' frogat,
mi, ob sie möcht,
jo, wann sie sogat,
Bua, dos waar ma recht!

Oba herentgegn
und hinwiederum —
kam sie richti zwegn,
waar mar erst nix drum.
Müaßt die Muatta frogn,
ob sie mir's dalabb,
und's 'n Ahnl sogn,
wos dar eppa glabb.

Und so roat i wieda,
und es follt mar ein,
waar holt do net zwida
so ban Ledisein —

Bei den Giggl-Goggl
host as Mensch verpaßt,
bist in Wiggl-Woggl,
wias d' am bestn tast.
Host so inta d' bestn
Scheita umagfischt,
bis d' a richti 'n lestn
Prigl host derwischt!

Immaramol —

I kimm net zan Olmgehn herint in mein Grobm!
Wann die Onnan um Sunnawend senna Aus-heitran hobm
hock i lang schon in Hulzschlog und scher mi ums Lebm
wann die Olm bakloa roat wird und d' Vögerl anhebm

Oba still stehn und lobm
für dö Herrlichkeit drobm
mein Heilond und Herrn
— tuar i immaramol gern!

I kimm net ins Wirtshaus, die Zeitn san z'schlecht!
Wann oft noch da Kirchn die Deandl und Knecht
ban Plotzwirt in Tonzsool harmoniespielnt und schrein,
so hon i mein Tonzsool in Betbüachl drein.
Oba hoamli herentn
an schoarf Doppltbrenntn
mit an Kranawettkern
— pack i immaramol gern!

I kimm net zan Heiratn, — wal i's net han,
und a Weib und a Hof nur für reichi Leut san.
Und juckt's mi mitunta und riglt si 's Bluat:
I woaß no bis heut net, wia 's Vaheiratsein tuat.
Oba zuaschaun va weitn,
wann zwoa rankn und streitn
und die Frau wixt ihrn Herrn! —
tuar i immaramol gern!

In da Schul

Die Schula in da Taferlklass'
san no net lang drein gwesn,
do lernan s', wiar a jeda waß,
z'erst holt die Buchstobm lesn.
Da Lehra, recht a guata Mann,
der schreibb so sauba, wiar a kann,
a „m" und „n" und z'lest an „i"
und sogg: „Hiaz, Micherl, schau auf mi!
Wia hoaßt der mitn Tipferl drauf,
grod wiar a Hüatl hot er's auf?"

Da Micherl denkt: Mit dera Schul
han i scha glei a rechtas Gfrett,
und sogg: „Vun Sechn kenn i'n wul,
grod wia da hoaßt, dos woaß i net!"

Begrüßung

anläßlich der Eröffnung der Packstraße

Dirndl:

Wia schön is die Welt net, und erst da herobm,
ols waar uns zu Füaßn a Debich hergwobm
vun Örter und Waldungen, Felder und Gründ,
und so grean, wia mas just nur im Steiralond findt.
Dos Herz wird oan leicht, schaut mar aus in die Weit,
nur hobm mir in Lebm zan Schaun net oft Zeit:
Mir Kinder, für uns gibts nur Stodl und Haus,
do samma dahoam und schaun weiter net aus,
mir baun a Windmühl und pritschln ban Brunn,
und schaun net auf, is eh olls vulla Sunn!
Und wern bakloa größer und stirker und gscheit
und homm vulla Oarbat erst recht neama Zeit,
ols Bauer und Bäurin, ols Knecht oder Dirn,
doß mar inta der Oarbat umanondspegaliern.
Mir baun und schneidn, wanns Wetter grod stimmb,
und schaun nur in d' Höch, ob koa Schauer net kimmb.
Und erst olsa olta, auf da Bank vorn Haus,
do stücklt die Ahnl a Buamhosn aus,
und der Ähnl, der noglt an Fleck aufn Schuach,
weit geht er net mehr, er tritts eh neama durch.
Und wann oans schun aufschaut, siachts weiter net vill,
wia 'n Freithofzaun drentn, und denkt: „Wia Gott will!"

B u b :

So is es! Und wal mir koan Urlaub kinn nemm,
is die weite Welt selber zan uns auffakemm,
die weite, die große, ollmächtige Welt,
vun der uns der Lehrer schun immer dazählt.
Mir grüaßn enk olle, hochmächtige Herrn,
döi heut unser Stroßn aufkrönen mit Ehrn.
Und müassn bei Pöller und Musi und Gläut
a gedenkn no still an döi kreuzbravn Leut,
döi fleißi mit Schaufl und Krompn und Haun
unsar urolti Stroßn hand neug ghulfn baun,
mit Schiaßn und Sprengen und Fuahrwerk und Goarrn,
bis sie endli amol richti firti is woarn.
Und wann oans heut umschaut auf Riegl und Grobm,
so denkt er leicht auf, wia mirs müahsali hobm,
so weit in der Oanschicht und weit aus der Reih,
so still und geduldi, so fleißi und treu.

B e i d e :

So grüaß mar enk fröhli, und foahrts in Gottsnamm,
leicht kemma herobm aufs Joahr wieda zsamm:
Ös foahrts weit ins Lond und mir stehn in der Tür
und schaun enk long noch no und dankn dafür.
Und druckt heut der Steira 'n Karntna die Hond,
herentn und drentn, es is nur oa Lond,
oa Lond und oa Hoamat, oa Luft und oa Lebm
in Fried und in Ruah, und der Herrgott sulls gebm!
Sulls gebm und gsegnen, so vill ols er kann,
und hiaz, meine Liabm, hiaz singg mar oans on!

Da Totzbär

A Totzbär hot gschlofn
inra Höhln in Wold,
in kniatiafn Winta
und vafluamarisch kolt.

Da Michl hot denkt: „Scha,
i kunnt's amol wogn,
und Zeit hiat i a grod,
gehmas Totzbään daschlogn!"

So strampft a da Höhln zua
schöa hoamli und still
mit ra Hulzhockn on oan
dreischuachlonkn Stiel.

Oba d' Höhln woar z' eng,
eini hot a net mecht,
und dar Oan kimmb net füra,
hot gschnoarcht hint net schlecht.

Da Michl hot groatat:
„'s schauat bold a so aus,
und i kamat in Gottsnam
ohne Totzbään z'haus.

Wer woaß, für wos's guat is,
leicht hiat a mi pockt
und goar mit die Protzn
ins Gnack einighockt.

Drum, wann da net fürkimmb,
bin i'n weita net feind,
leicht tuar i mi leichta,
wann's 'n Schnee aufentleint."

Und is inra drei Stund drauf
wieda guat dahoam glegn,
— und so is senna zwoa denn
a richti nix gschegn!

Das Stoanoas

A Stoanoas, wos an echtas is,
Mensch, i a bitters Leidn;
i han's vasuacht und woaß für gwiß
nar oans hiaz: Nur net schneidn!

Da Dokta frali, bolst'n kimmst,
leg 's Messar ein zan Kochn;
am bestn, wanns d' dei Hüatl nimmst
und sagst: „I kimm auf d' Wochn,

bis's zeiti is, heut is no z' fruah,
leicht loßt si's no vatreibm,
gottlob hot's jo no Mittl gnua,
ma braucht ba oan net bleibm.

Dar Oa bring Fenum grekum für,
dar Oa a Lezolttoagl,
dar Oa vun Hosnschmolz a Schmier,
dar Oa a Inslatnoagl —"

Hon ollas nochanond vasuacht,
ausgebm hot's an Schmoarrn,
hon betat intadrein und gfluacht,
bin imma letza woarn.

Und tonglt hat's und toggazt drein
schun übar olli Moßn;
do follt ma d' olti Kathl ein,
döi han i ruafn loßn.

„I hon in Grobm an Sagla kennt",
moant s', „den sie olli lobm,
der hot na Schuastapech angwend't,
dos hot den Teigl ghobm.

Boahrst in an rupfan Fleck a Loch
glei mitn Pfeifnstiera,
streichst 's Schuastapech dick drüba noch,
dos ziacht 'n Ofl füra!

Dann is, wia wannst a Liacht ausblost,
bol's oamol hebb zan fliaßn —"
Und so is gwäin, — nur hon i holt
drei Tog long blosn müassn!

So spoarst bei so oan Stoanoasrobm
'n Dokta und sei Messer,
— ma muaß as grod net selba hobm —
ban Nochban hilft's no besser!

Nach der Wählerversammlung

‚Woarst nachtn a ban Schmiedwirt vor?'
„Bin a a weani gwäin —"
‚Wos hant sie nocha fürbrocht goar?'
„— 'm, Redn, nix wia Redn."
‚Und unsar Abgeordnete?'
„Jo, der hätt 's Bessari gwißt."
‚So wird's wul wieda wia voreh?'
„Ja, noch waar olls umsist."

‚Wia s' mit die Steuern uns vexirn —'
„Dos hoaßt ar an Standal!"
‚So sullt er sie holt oamol rührn —'
„Ja, noch gang's net — dawal!"
‚Wos die Pollakn Sau eiführn —'
„Dos, moant er, waar a Gfrett!"
‚So sullt ma holt die Grenzn spirrn —'
„Ja, noch dawal gang's net!"
‚Und die verhoaßnan Weinzerlschuln —?'
„Döi kinntn sie no net baun —"
‚Jo, wos ma nocha tuan sulln —'
„Na fest auf Gott vatraun!"
‚Wos san denn die Minista do?'
„Dos waarn hoachi Herrn —"
‚So setztzas nochanonda o! —'
„Dos tat mar a net gern —"
‚Und sist hot er nix gwißt z' derzähln?'
„Na, sist wußt er nix mehr —"
‚So sullt ma holt an bessern wähln —'
„Da beßri waar eh er!"
‚So is er rein na für die Kotz?'
„Ja, so hant mehra denkt —"
‚So reißts 'n oba vun sein Plotz!'
„Dos hätt 'n do leicht kränkt —"
‚Jo Himmlherrgottsakrament!'
„Ja, so hant mehra gsogg —"
‚So hot er's nocha wul dakennt?'
„Ja, laut hant sie si net gwogg —"
‚Fix, imma: „Hiaz dawal no net —" '
„Es deucht uns selba long —"
‚Kreuzsakra, i hätt ondat gred't —!'
„Ja, Trottl, waarst selba gong!"

Politik

Da Roanahons — ös kennts 'n gwiß,
den lonkn Roßknecht auf da Wies —,
mit den bin i no goar net long
von Schwamberg auf Sankt Peda gongg.
Do kemman, wia's schan oft will sein,
mir ins Politisiern 'nein.
„Ja", sog i, „Hons, sein tuat's a so:
In oltn Östrreich woar ma froh,
wann die Pollakn und die Tschechn
na Ruah gebm hobm, und zan Blechn
do woar da Deutsche lang guat gnua,
der woar da bravi, stilli Bua,
den hobm sie druckt weit üba d' Moßn
und olls 'n Onnan zuakemm lossn."
„Mm", — moant da Hons, und stopft mitn Finga
sei Pfeiferl noch und mocht an Schlinga,
wal s' eh no brennt hot — „liaba Herr,
von sölli Gschichtn wußt i mehr:
Wia 's Hommawerk no gongen is,
hon i vierspanni vun da Wies
auf Krummboch mit drei Braun müaßt foahrn,
dö faul und staar und steti woarn.
Zogn hot alloan da Schimmel bloß
am Sattl, Mensch, dos woar a Roß!
Hot sie in d' Strang glegt gonz alloa,
daß si die Onnan leichta toa.
Mei Herr, da Kreuzwirt vun da Wies
(von den da Suhn heut Kreuzwirt is),
hat oft ban Einspann in da Fruah
gmoant: ‚Hons, na heut host glodn gnua!
Wonn's goar recht hoart den Krampn gschiacht,
schlogn muaßt 'n Schimml, Hons, der ziacht!' "

Auf der Stroßn

An Autobus hot auf da Stroßn
z'nachst gach die Steuerung valossn,
hiaz steht er ungschickt üba quer,
wos er a antaucht — 's hilft nix mehr;
der helli Eis in strengstn Winta
laßt eahm net füri und net hinta.

Do kimmb just gmüatli hinta seiner
a Langhulzfuhr vun Obergmeiner,
dreispanni, vorn am Spitz a Hengst,
a Fux, wiast dir'n net schöana denkst,
jung und zerlegt, vull Temprament,
sie hant'n sist holt Maxl gnennt.

Do bittet der Schoffeer 'n Knecht,
ob er denn net mit Kettn möcht
sein Fuxn spann vors Hintarod,
— 's waar eh na für an Rucka grod —
doß er sein Auto bracht ins Las —

Den oltn Hias woar's grod a Spaß:
Er spannt 'n Maxl hintn für,
greift in die Holfta und sogg „Hüa!"
Der Maxl legg si schoarf in d' Strang
— waar do derlogn, doß dos net gang! —

a Ruck, und mit sein gonzn Gwicht
bringg er dos Auto in die Richt.
Do hant die Onnan frali gschaut,
und ohne doß oans schreit und haut!

Der Hiasl oba henkt schöa gschmoch
die Drittl aus, schaut nomal noch,
und foahrt sein bravn Maxl bloß
stad übern Kamm: „Bist holt a Roß!"

Die Wollfoahra

Woar a Sunnta in Hirbst, gegn 's Weinlesn zua,
und Weinba hot's gebm und Ost na glei gnua,
und ollas woar grotn und olls hot si gfreut,
die Leut auf da Welt und goar 's Viech auf da Weid.
Oba 's Lebm is kurz und die Ewigkeit long,
und so sand sie gern interdrein wollfoahrtn gong.
Do hot a a Schöckerl, wia's olli Joahr is,
auf die Wies umibetat. Die Stroßn auf Wies
— hoaßt heut no die olti — geht vun Moarkt Eibiswol
imma fuat noch da Höch, daß ma rund übaroll
schöa donischaun kann und so weit sa si weist,
bis ins Windische obi auf Haligngeist.

Und a Muatterl, an olts, betat in derselm Schoar
holt a hintnnoch, wal's scha müahseli woar;
hot a Büabl ban ihra, dos trutzt olli biat,
sie möcht a weng woartn, es waar scha so müad.
Und nochant vor Wies siacht ma weit umanond,
do sitzn sie nieda und rostn mitnond.
Moant's Büabl: „Hörts, Ahnl, do gfollat's ma guat,
schauts, druntn die Kirchn und nochanond fuat
die schneeweißn Häusa und drobm das Gschloß —
do waar's frali lusti, do gfollat's ma groß!"
Die Ahnl schaut still vun ihrn Rosnkranz auf,
ziacht 's Büabl gegn ihra und sogg nocha drauf:
„Is a gnodnreichs Ort und i kimm olli Joahr,
obar oamol gedenk i's, wo's net a so woar!
Wann i denk auf den Tog, kimmb's ma heut no in Sinn,
wia's denn unsa Herrgott hot zualossn kinn.

Woar a wunnaschöans Wetta, a Tog so wia heut,
und da Plotz vor da Kirchn glei schwoarz vulla Leut.
Vun Karntn, vun Drautol, vun Windischn her,
hant die Schöck zuwabetat und olli Stund mehr.

Und umgangn is, wia wann's Kirta waar gwest,
die Wirtshäuser olli tretnvull vulla Gäst;
bis übers die Bruggn hot's Kromastond gebm
mit Betbüachl, Rosnkranz und no danebm
mit Zuckerl und Met und mit Lebzeltawoar
und Spielleut und Krumpi und Bettla scha goar,
Pamarama und Ringlgspill, Werkl und Koarrn
mit englische Reita und Kasperl und Noarrn.
Um Mittanocht hant sie no gspillt aufn Plotz,
wos da Mesnar a gwiahrt hot, woar olls für die Kotz.
Obar i und mei Muatta, mir woarn auf d' Nocht
ban an ihrign Vetta, der Zoggl hot gmocht,
in an Keuscherl, dos hot schon auf Brunn umighört,
und hom uns net weiter ums Galsterwerch gschert.
I han scha guat gschlofn, stoamüad wiar i woar,
vun Betn und Schaun. Oba so um a zwoa
sitzt die Muatta gach auf und greift umi noch mir:
‚Los, Liserl, mir kimmb's so rar unhoamli für!
Mi deucht's, i hör olliwal tretn und schrein,
dos kinnan do neama die Wollfoahra sein!'
Mir schleichn vors Haus, woar da Himml vull Stern,
da Wind woar schon auf, und vun Ort uma hörn
mir a Jauzn und Tretn, so takt und so fest,
wia's sist immaramol auf Tanzbodn is gwest.
Und wia ma so losn, kimmb's gschriana und grennt
her über die Bruggn: ‚Da Heubodn brennt
ban Bäckn am Plotz und san Kirfoahrta drinn,
und mügn net oba und müassn vabrinn!'
Und scha sechma die Liachtn vun Giebl herschein'n.
Und imma das Tretn und Brülln und Schrei'n!
Mein Herrgott, hiaz han ma's wul innewer müan,
die Menschn in Feuer, döi hant a so gschrian.
Und koa Hilf und koa Wossa! Olls jammert und woant,
bis dic Monnsbilda hant wul die Loatern aufgloahnt,
die Ziagl ogschmißn, die Lottn aufgsprengg,
und drein hant sie gwuislt und tretn und drängg
und grafft um die Luckn, die Händ scha vull Bluat,
lauta kuhlschwoarzi Mandl, und hintn die Gluat!

Toal springant glei oba und aufanond drauf,
a Toal fongg a bamlonka Sengsnschmied auf,
und z'höchst auf da Loata, as Gsicht no vull Mehl,
vun Kasperltiata da Politschinell
raft außa vun Haufn, so vill a dawischt,
roacht's obar 'n Nochban und oarbat und fischt
noch die Weiba und Kinna, und koans woar eahm z' schwaar,
und so raman sie richti 'n Heubodn laar.

Sand villi vabrunn selm, koa Mensch hot sie kennt,
a Toal san no olsa holbbrotana grennt,
na doni, na fuat, auf die Weid und in Boch;
und 'n Oan und 'n Onnan is ma lang no danoch
in Wold wo ankemman verschloffn, vasteckt,
so hot 'n dos glüandani Feuer vaschreckt. —"
Die Ahnl is still woarn und schaut in die Weit,
die Augn vulla Wossa, ols sachat sie's heut.
Und 's Büabl hot groatat. Und hebb nochar on:

„Möi sand sie denn net üba d' Loata davon?"

„O mein", sogg die Muatta, „wos glabst denn, mei Bua,
da Bodn vulla Leut druckt jo 's Folltürl zua,
oda wia's eppa gwäin is, ma hot's net dafrogg,
erst long hintnnoch hant wul etlani gsogg,
da Hausknecht hätt selm dos Türl zuagspirrt,
doß 'n net eppar Oana ums Schlofgeld anschmiert;
und hätt ban Taferna no glumpat a Zeit.
Oba gred't is wul woarn, wia's 'n nocha hätt greut.
Hätt neamamehr trunkn, glei trüabsinni gschaut,
und hätt si um olls net vors Haus außi traut,
wann's finsta is woarn gegn 's Betläutn zua,
eahm liassn die oarman Selln koa Ruah;
waar hellauf vazweiflt und waar goar net long
nochn Unglück von selba in die Drau einigongg."

Und wieda woar's still, do frogg 's Büabl am End:
„Und wia vill oarmi Leut san denn nocha vabrennt?"

„Dos wüßt i net z'sogn", moant d' Ahnl, „vielleicht
so a fünfazwanzg, dreißg, hant sie gred't, wia ma deucht.
In da Fruah is die Sunn auf, so rein und so kloar,
net leicht woar a schöanara Sunnta dös Joahr.
Oba mein, wia hot's ausgschaut, wia trauri und wüast,
die Kromastand z'sammpockt, und wer net hot müaßt,
is gflochn und fuat na so weit a hot kinnt,
und weit umanonda dos Unglück vakünd't.
Und bold san sie kemman mit Roß und mit Wagn,
und Leinwand und Deckn und Goarrn und Schragn,
und a jeds hot sei Häuferl vull Ellend aufglodn
und is olsa woananda hoamzuagfodn,
schöa lind und schöa gschmeidi, und wann dar af d'lest
a koa Lebm mehr gspüart hot, dahoam is a gwest!
A Toal vun die Toatn hot ma goar neama kennt,
woaß Gott, wo sie her woarn, und oll z'vill vabrennt.
Han s' nochmitto noch vorn Freithofzaun gsegn,
kuahlschwoarz sand sie nochn grean Wosn herglegn.
Da Pfoara hot s' eingsegnt mit rinnati Augn,
oba 's hot koa Requieskat, koa Weichbrunn wöllt taugn.
No gestern in Schock so vull gläubign Muat,
und heut scha so weit in die Ewigkeit fuat!

Und wia i so schau, siach i nebm da Gruam
in an z'rissanan Sunntagwond just an kloan Buam,
die Augn vulla Wossa, 's Hüatl in d' Händ,
hot still umanondgschaut, ob der goar neamd kennt,
so vazogg und valossn, so fremb und so kloan,
inta oll dö villn Leut muattasellnalloan.
Mir frogn, wo da her waar? ‚Vun Lofntol drent —'.
Und Vota und Muatta, wo sand sie? ‚Vabrennt —!'
Do huckt si mei Muatta zan Büaberl ins Gros,
und zoag eahm a Breverl: ‚Scha, gfollat dir dos?
und mogst mit den Deanerl' — und zoag do auf mi —
‚net mitgehn, sie is so vill loadi um di?'

Und so ist a mitgong mit uns und vabliebm,
und wos mar a hobm ins Lofntol gschriebm,
hot koans um sei Hoamathaus weita wos gwißt,
koa Mensch hot'n kennt, as woar ollas umsist.
Und dosselbigi Büabl" — und die Ahnlmuatta schaut
stuckgwegn in Himml wiar a hoamlani Braut —
„dosselbigi Büabl — koa saubers is gwest
umadum — is a Mann woarn, so takt und so fest,
vun den han i nocha vill Guats no dafoahrn,
der is nocha späta dei Großvota woarn!"

Und wieda san s' still woarn und sitznd banond,
und losn und schaun weit außi ins Lond;
und 's Inkerl hot groatat und gach follt's 'n ein:
„Großmuatta, wia hot oba dos kinnan sein",
— und a Zacherl waar bold über d' Wongan hergrunn —
„doß so vill oarmi Leut san so grausam vabrunn,
unschulanaweis, döi net gspillt hobm und gfluacht,
möi hot s' denn da Herrgott so feindla vasuacht?"

„Mei Büabl, dos han i wull selm oft gfrogg,
hätt hoamli oft bold unsern Herrgott vaklogg,
und erst mit die Joahr han i's einsegn glernt,
wia 's Roatn und Hadern an Christn net deant.
Da Schauer schlogg 's Troad z'samm, 'n Wein brennt die Gfriar,
und olli Joahr stengan sie neug in da Blüah.
Dar Oani hot's gnüagli, 'n Oan druckt die Noat,
der hot an kammotn, der an schmerzhoftn Toad.
Oba drobm in Himml kemmar oll wieda z'samm,
und drum woaß i a Wörtl, dos hoaßt ‚in Gottsnamm!'"

Die Ahnl nimmb 's Büabl schöa stad bei da Hond
und so san sie holt obi auf Wies mitanond;
's Büabl frei sündla, as kimmb eahm bold für,
ols lagat a Schattn her üba die Blüah.
Die Ahnl entgegn woar still und getrost;
wos hat sie net olls in ihrn Lebm vakost!

Vill Müah und vill Oarbat und do a vill Freud,
und olls nochanonda zur richtign Zeit.
Dos Oa hot vorangschaut, as Onari zruck,
a jeds in sein Lebm. Und wiar a guats Stuck
vor da Kirchn großmächti die Orgl angeht,
als ob si do drein scha da Himml auftät,
und Liachta und Weihrauch und singandi Leut
und oallas so prächti, so hoach und so weit,
und obern Oltoar in da döranan Kron,
da gegeislti Heiland als Kirchnpatron,
an d' Säuln anbundn, vull Wundn und Bluat,
oarmseli und nockat, und do so vill guat
und trutz olla Marter no so vull Geduld
und Mitleid mit oll ihrn Sündn und Schuld —
do woar olls vorbei und olls Roatn und Klogn
hant Ahnl und Inkerl ihrn Herrgott zuatrogn,
und olls woar vagessn, wos is und wos woar,
vor'n guldanan brinnandn Gnodnoltoar —.

Mei Büabl

Wia mir mei Büabl krank is worn,
han i's wul glei derkennt,
daß alle Müah und Sorg verlorn,
wanns Fiaber so wild brennt.

Da Dokta, unser alter Freund,
sogg: „Schwara Schorlochfoll!
Mei liabi Muatta, 's muaß no heunt
ins Isolierspitol!"

Mei, unseroana siachts wul ein,
duat wird er eh guat gwoart,
do für a Muatta — o du mein —
is denna bitter hoart.

Nach oana Wochn kimmb die Post,
's waar olles goar umsist;
wos hot mi dos net Kummer kost,
wanns grod sei Muatta bist!

Und immer hiat er no sullt frogn
und bittn: „Hoam na glei!“
Und koana hättn fuat derft trogn,
und i woar net dabei!

Is gstorbm —, a Fremder soggs so leicht,
und mir gehts do net ein,
doß 's Liachtl, dos so liab hot gleucht,
sullt ewi oglöscht sein!

A Büscherl han i eahm no brocht,
— mehr han i net zan gebm —
und glegn is, wias sist hot glocht
oft mittn no in Lebm.

Wanns no bei mir do gstorbm waar,
wia gschmeidi hätt is trogn,
— und waars mir gwesn no so schwaar,
dos Trücherl z'samt'n Schrogn —

Die Engerl hants in Himml gfüahrt,
hiatz hot's scha Gott da Herr,
und wann ers no so guat a hüat't,
— i hon koa Büaberl mehr —!

Gleichmut

Immramol in Summa is die Nocht so still,
hörst koa Windmühlklacherl und rundum koan Grill,
und da Mond schleicht füra scha so holbat gwiß,
doß auf d' freien Weid no dumpa is.

Oft no sitz i dann hervor am grean Wosn,
und es hilft ma nix, i heb an Trüabsol blosn,
und es follt ma nix wia lauta Zwiders ein,
wia's holt is und wia's hätt kinnan sein.

Kloan und sündla schaut mei zottats Keuscherl her,
auf und auf vull Schuldn und die Gründ so sper,
und mei Waberl, roat i, in da Komma drein,
kinnt just a a weani jünga sein.

Hiaz da Mond, sinnir i, der hot's frali leicht,
der vaziacht si stad, wann's eahm lonkwali deucht,
obar i kann sitzn bleibm in nossn Gros,
und die guati Welt, döi pfeift ma wos.

Oba destwegn, roat i, wer i mi net harbm
weita üba d' Welt und morgn hoaßt's krauteinscharbm,
und so stehr i longsom auf schöa schwaar und diegn,
klock mei Pfeiferl aus — und geh holt liegn —.

Der olte Stodl

A olta Stodl steht ban Ulz,
aufzimmert vun Rotlärchnhulz,
scha wiar a Kirchn fest und broat;
üba die Bantabruggn foahrt
zwoaspanni leicht a Troadfuahr ein,
— braucht net amol a kloani sein.

A strebas Doch huckt wiar a Huat,
a broata, üba Soch und Guat.
So steht er leicht scha hunnat Joahr
und länga, und ma sachat's goar
frei net den Stodl an vun draußt,
wos olles drunta friedli haust:

Ban Bodn stehnt a Dutzend Küah
z'erst noch da Reih, und z'lest da Stier,
und hintan Junkviech hängt ban Pflock
mit broati Hiedn a Zottlbock;
der ziacht a jede Kronkheit o
vun Viech, — drum schmeckt er a aso!
Donn stengant no zwoa Roß in Stond,
und gonz in Winkl bei da Wond
hot no der olte Fuattra Veit
sei feuchte Liegastott bereit,
und intan Nuarsch suacht no ihr Fuatta
an olte Küniglhosnmuatta.

Und finster is und noß und woam;
in Winta bleibb dos Viech dahoam
und siacht oft wochnlang koa Sunn,
nur grod, wann's gwassert wird ban Brunn.
Und jede Kuah bring brav und willi
ihr Kaibl und ihrn Sechta Milli,
und hot ihr Fuatta dreimol zohlt,
bis sie ausgmulchn is und olt.
Und d' Rössa müan auf Oarbat aus
und kemman oft stoanmüada z'haus
vor lauta hoartn Strapeziern
mit Baun und Frucht- und Hulzeinführn.

Der Tennbodn frali obas Stoll
is laar und lifti wiar a Sol,
wos durt si find't der Noahran wegn,
döi lossn's si scha leichta gschegn.

In olla Fruah tant scha die Taubm
vun Kogl fleißi Hoba klaubm,
da Hohn steig gschafti umanond
und holt sei Weibavulk banond,
und intan obern Gsperr hant z'lest
die Spotzn no ihr sichers Nest.
Um Mittinocht, wann olls in Ruah,
geht's erst in Mondschein lusti zua,
do hant die Mäus erst eahna Gspill
und tanznt sauber a Gadrill,
— bis doß da Kota mit oan Sotz
'n Moasta pockt mitsomb sein Schotz.

Und erst am First in olla Fruah
geht's in der Sunn goar lusti zua!
Die Schwolm kemmant vun da Roas,
und wos da Starl net ollas woaß!
A gscheckats Katzl lost eahm zua
und blinzlt: warst na nochand gnua!
Ganz z'oberst üban First am Eck
draht si a kloane Windmühl keck
und treibb a Radl, drauf si stad
a hülzas Paarl lusti draht,
er in an greanan Haftlrock,
sie mit an roatn Hemadstock.
Sie hobm si um die Mittn fest
und wern net würfli, wann sie z'lest
wia narrisch umanonda fliagn,
wann sie 'n Wind in d' Foltn kriagn.
Und schlogn die Klacherl no so gschwind,
sie drahn si lusti noch 'n Wind.

Da Hondla Hackl und sei Bua
döi schaun in Vorbeigehn zua.
Do moant dar Olti: „Nikodem,
do mogst da hiaz a Beispill nehm:
Döi druntn losn zun Exempl
as gonzi Joahr in feuchtn Trempl,
und müaßn oarbatn und schindn,
doß jo die Obern Fuatta findn,
und wissn's sena Leta net,
wia leicht's is, wann ma 's Gschäft vasteht.
Drum mirk das: Auf der ganzn Welt
is imma der am bestn gstellt,
der si net weita redla plogg
glei um an laarn Housnsock.
Dersell wird ehzeit müad und gstarr,
— 's waar trauri, wann's wo ondast waar.
Los! I geh hiaz da Bäurin zua,
i woaß in Stoll an olti Kuah,
kreuzschwoch und gsottlt wiar a Wiagn,
döi kann i leichtla billi kriagn,
wal sie ihr Fuatta neama zohlt,
— zan würstln is sie long net z' olt.
Du schau dawal den Paarl zua
am First und siachst fürs Lebm gnua:
Drahst du, wos immar onkimmb, gschwind
dein Montl lusti noch 'n Wind,
so fexnst Korn stotts laarn Stroh,
— 's woar imma so und bleibb a so!"

Verpaßt

Wurd oft wo an Örtl, a Gründl wo sein,
dos grod für di passn kunnt, obar, o mein,
no ehstast dafrogst, hondlt Oana scha drauf
und hot's, bis du zwegn kimmst, richti in Kauf.

Waar oft wo a Weibaleut wo umadum,
mit an weani an Geld und a rechtschoffn frumm,
und hörst scha — du woaßt no net, wia sie da gsinnt,
sie kammat um d' Oastern mit an Onnan sein Kind.

San oft ane Jahrln, do geht's da guat aus,
host Glück mit 'n Viech und willst wendn ban Haus,
do hot si scha 's Türl zan Freithof auftan
für a schüttare Schnoasn und du still voran.

So roat i vor meina, wia da Mond so schön scheint,
und sitz zuwi ban Blochwirt zu etlani Freund,
bis die Wirtin z'lest moant: „Wannst hiaz hoamgehn
tast —"
— und akratt hon is ollimol wieder verpaßt!

Der Honsbauer

Und richti is Mai worn, hätt's frei neama denkt,
so tiaf sand die Nepl scha wochnlong ghenkt;
und heut homma, wal's just so truckn herschaut,
auf die Sunnseitnacker scha Summakorn baut.
Is a stücklani Leitn, oba hiaz is varricht't,
und so derf ma wuhl rostn auf döi bluathoarte Schicht.
Do schau i vun Birnbaum weitaus übers Tol,
und gspoassi is, wia's oan so kimmb auf oamol:
Do deucht's mi auf oamal so seltsam und rar,
wann i um a Zeit neama Honsbauer waar;
neama Honsbauer waar, neama i, wiar i bin,
wiar i leb, wiar i schau, wiar i roat in mein Sinn.
Oamol und nia wieda, in Ewigkeit net!
wann die Welt a no weiter viel tausend Joahr geht!

Woar a tull lonki Kettn scha, wann ma so denkt,
wia si oan Joahr ums ondri ols Gliedl einhenkt,
und jeds Joahr so viel Täg, jeder Tog so viel Stund,
und jede nur fürn liabm Honsbauerngrund!
Wos will i net ollas no wendn ban Haus,
— und gach waar i ausgraft, und ollas is aus!
Koa Mensch wußt vun meina, und i wußt vun koan
und müassat so müaßi in Himml umloahn,
koa Sorg und koa Oarbat, nur übrige Zeit,
no kann i's net glabm, wia so wos oan gfreut.
Koan Pfluag inta d' Faust mehr, koan Zeug in die Händ,
gegnan Mai zua koa Blüah und koa Schnee zan Advent,
koa Sunn in da Fruah und koa Schriatt übern Grund
und koa Betläutn mehr noch zwölf gschlogane Stund.
In Gottsnam —, i woaß jo, doß oamol so kimmb, —
— leicht is ma mei Sterbstund goar morgn scha bstimmb —
Toat sein is koa Kunst, oba 's Sterbm is hoart,
wann rundum auf deina die Oarbat no woart't.
Mein, vun Himml valaugnan is weita koa Red,
i geh, wann i muaß,
— owa leicht gschiacht's ma net —!

Gebet

Mei Herrgott du in Himmlreich,
vor dir sand olli Menschn gleich,
und olli waarn dei Ebmbild,
hoaßt's, — wonn's a net für jedn gilt.

Du liabst die Christn ollmitsombt,
i woaß — just döi vun Steueromt,
döi uns auf Schintln wulln kliabm,
döi konn i meina Sell net liabm.

Du host die Wulkn in da Hond,
saast Wetta übas weiti Lond,
in Gottsnamm, — oba dos is schod,
doß grod bei mir selm eingschlogn hot!

Wia schöa woar net bis hiaz dos Joahr
— wann's a a weani z' truckn woar —
du muaßt hiaz wissn, wias da's mochst,
doß no a Groamatl herwochst.

An Durschtign zan trinkn gebm,
a Stiagn is zan ewign Lebm,
— und wiar i eahm an Most geh huln,
hot mir der Lump die Sockuhr gstuhln!

Du predigst leicht in Himmlreich:
„Geht hin denn und vermehret euch!"
Wer wird hiaz unsra Dirn vun olln
döi Spitzbuam Alimentn zohln?

„Du sollst die Hausfrau nicht begehrn,
vom lieben Nächsten!" Oh, wia gern!
Mir is mei Olti oft scha z' vill,
und erst 'n Zenz sei Krokodill!

Du siachst, Herr, 's is net imma leicht,
so tuan, wia's dir am bestn deucht,
oft kimmb's ma für, als ob ma sist
do a a Wörtl dreinzredn wißt.

Frali, so long's net onndat geht,
bleibb oan nix übri, wia 's Gebet,
und tua mir holt in Gottesnamen,
Herr, nix, für übl hobm. Amen!

Hintnnach

Oft mittn in Lebm, do follt's ma gach ein,
wia's eppa wird wern, wann i neama wer sein;
siach die Sunn neama aufgehn, und 's Korn neama blüahn,
koani Kinna mehr lochn, koan Wein neama führn —.
Wul, die Welt gangat weiter in Gschaft und in Gnäd,
kunnt's jo a net valongan, daß sie meinatholm steht,
kunnt's vun d' Leut net valongan, doß oans stillstehn sullt,
wonn wieder a Stoanl in Stroßngrobm rullt —.
Obar Oani, dos woaß i, gang still umanond,
nahm a weiter wia sistn ihr Oarbat für d' Hond:
Grod wonn Oana kamat und wußt si koan Rot,
und roatat si hoart oder brauchat a Gnod, —
und frogat danebm um ihrn früagaran Herrn,
der hätt eahm oft ghulfn, den sachat er gern —.
Nocha schauat s' in d' Weitn, und grod nur a Glonz
in die wunnaliabm Augn sogat still:
„Jo, da Hons —“

Krank

Fufzg Joahr bin i olt woarn und nia hot wos gfahlt,
und hiaz hot mi auf oamol as Kronksein daralt;
bin mott wiar a Fliagn und 's donglt in Hirn,
wonn i huastn sull, konn i jeds Hoarstäudl gspürn.
Und so lieg i scha sidra drei Wochn in Bett,
i mog wenden und brauchn, es hebb si holt net.
Dar Oa sogg: „'s Gollfiaba“, dar Ondri: „Holt jo,
wirst frei müan nochgebn, 's Älter is do!“
Hant von Dokta scha etlamol Hilf aufatrogn,
(is a weita net schlechta worn, derf ma net klogn)
und sist ollahond fürbrocht, wos i herbrauchn sullt,
oba no hot's koan Ansegn, daß's bessa wern wullt.
Is a lonkwalas Herliegn, so mott und so schwaar
wiar a Holmfoß am Gontna, stoamüad und bockstaar

Inta Togs is no leichta, do hilf i ma schon
und kent ma mitunta mei Tabakgfeiferl on;
und siach durch a Fensterl schöan aussi von Bett
auf die Acka und Gründ und wia 's Korn so schöa steht,
wia si d' Hausleut tant plogn, und ouft umasist,
und i net dabei, der olls anz'zoagn wüßt!
Und die Nocht erscht, die Nocht, so lonkwali und still!
Just drentn in Herdloch, do zwiagazt a Grill;
wia 's böasi Gewissn, so loßt er si hörn;
wia lonk wird erscht nocha die Ewigkeit wern!
Toal sognt, wos a rechtschoffna Bauanknecht is,
kam schnurgrod in Himml, oba woaßt as denn gwiß?
Sant vülli scha drobm aus unsara Gmoa
und umadumher, jo es häuft si bakloa!
Da Sigerl, die Nani, da Kohlführa Jost
(hiaz der kunnt scha sein, daß d' in Fegfeua lost).
Oba drunt in da Höll wüßt i koan aus da Pfoarr,
— wann net eppa 'n Wirt, der a Wuachara woar.

Und so roat i mi schwaar und as kimmb ma so für,
da Rosnkronz waar bold mei bessas Pläsier.
Do rofflt's in Uhrkostn, 's Türl springg auf,
und da Guggaz in Finstern schlogg zwölfmol hellauf.
Und Wundar, o Wunda! Do wird's ma so rar
und so leicht in da Brust, wia wann's Summaszeit waar.
Die Welt siach i blüahn, da grean Wold tuat si auf,
und die Hirschlan und Reach und die Füx hant ihrn Lauf.
Die Vögerl tant singan, da Hertabua knollt,
die Sunn scheint ins Mias, und i spring üba d' Holt
so lüfti und keck wiar vor fünfazwanzg Joahrn,
wann i und die Julerl ins Grassn san gfoahrn,
sie roat wiar a Röserl, i frisch wiar a Bam —
und so trogg's mi schöa gschmeidi in Schlof und in Tram.
Und morgn, wann i auf wiar, is ma neama so schwaar
und mir zimbb, ols ob's longsom zan Gsundwern waar.
Und mei bessari Hilf und mei Hauptmedizin
is no ollwal da Guggaz in Uhrkostn drinn!

Bol i'n Stodl deckt hon, rost i aus . . .

Grüaß Gott, Leitnbaua, no so fleißi heut?
Is scha Feierobmd, hant scha Segn gläut't;
kimmb da Mond schun auffa üban Schochnschlog,
loßts as geltn, morgn is Frauntog!

„Is die Oarbat z' gnädi und die Leut san kluag,
waar scha selba bold mei besta Knecht ban Pfluag.
Drei Joahr glongant net, wos i no hon zan toa,
und die Kinna san no moarb und kloa.

Sullt 'n Roan aushockn und die Wiesn zäun'n
und an Hausbrunn grobm und die Tennbloch schneidn,
üban Stodl blost da Wind schan ein und aus,
bol i 'n Stodl deckt hon, rost i aus!"

Und akratt hot 's Mandl ollas firtibrocht,
hot si keit und gschundn bis in d' spoti Nocht,
hot 'n Roan ausgrobm und die Wiesn zäunt
und 'n Hausbrunn grobm negst da Peunt.

Und in spotn Hirbst no hot a Stodl baut,
hot da Schnee schan vun die Alman obagschaut,
is um Nägl gsprungan und um Zimmerleut,
hot si hoamli schun aufs Rostn gfreut.

Wia sie 's lesti Gsperr hant sauba z'sommenplonkt,
is a selba nochi, hot sein Herrgott donkt,
greift ums Gleichnbaml, hot's schon obm bereits —
schiaßt vun Giebl o und bricht si 's Kreuz!

Und so still is worn in Haus, und auf da Stell
hot's müaßt Feierobmd sein und woar no liacht und hell,
is die Uhr stehn bliebm und da Hund hot grert,
hot si koans mehr uman Stodl gschert.

Wiar i auffikimm, do woar schun olls vorbei,
kniant die Hausleut still scha bei da Litanei,
kimmb die Bäurin außa auf die freie Weid,
hot mit nossi Augn ins Stüberl deut't.

Drinn sitzt a Schöckerl Kinna kloavazogg banond,
schloft da Leitnbaua in sein Sunntogsgwond;
kloan und sündla ligg a in sein feichtan Haus:
— Bol i 'n Stodl deckt hon, rost i aus — —

Kloankeuschler

A Schieferl Troad, a stücklas Ghog
und sist a speri Leitn,
an Olti, dö 'n gonzn Tog
nur rankn will und streitn;
a Hüntl unter d' Kellerstiagn,
rundum a Goaßstollgruchn,
und intan Doch a brochni Wiagn,
laar wia die onnan Truchn.
Die Kinna in da weitn Welt
valoffn und valorn,
grod doß as Findlhaus si meld't,
wann Oani hot geborn.
Wann i mi bei da Oarbat frett,
is gwiß koa Sell zan segn,
nur wann i an Zweschban z' brennan hätt,
kimmb da Finanza zwegn.
Und hängt scha richti dann und wann
a Haserl in da Schlingen,
waar noat, i sog den Todfoll an
und liaß a Hochamt singen.

So schind i mi scha dreißig Joahr
und hon ma nix dalesn,
und wann i oamol lusti woar,
is ban a Bstattung gwesn.
Drum wann i so vagaasat z'lest
aufs Betn und aufs Beichtn,
und henkat staar und stillgetröst
hoch obm in da Feichtn —
so müats ma's net für übl hobm,
es woar a hondsoms Sterbm,
und müggs mei Keuscherl fürs Begrobm
z'sammt Noat und Ellend erbm.

Sterbende Welt

A weiter Hof auf mogrer Leitn
und vor'n Stoll a Röhrnbrunn,
und Feld und Acker boaderseitn,
a Schöckerl Kinna in der Sunn;
und enters Khog vull Dörn und Stoana
dos liabe Viech auf freier Weid,
a Jauza, weit woher, a kloana —
so han i's kennt seit Ewigkeit.

Und heut schaut's her, ols gang's ans Sterbm,
wos mar a red't, diktiert und schreibb,
als sullt dos ollas still vaderbm,
und koana woaß, wos übri bleibb.
Wos übri bleibb? Mein, Wold und Wildnus,
wo Füx und Hasn Hoazat hant,
vun marbm Kreuz a Herrgottsbildnus
schaut weitaus übers laari Land.

Und woar a Welt do vulla Wunda
in Fleiß und Andacht, Kraft und Gmüat,
in Red und Handl, und mitunta
vull Lust und Gspoaß in Spruch und Liad.
Wos sie derbaut hot und derzüglt,
von Nutzn woar's 'n gonzn Lond,
vun Fürst und Herrn vabriaft und gsieglt
ihrn ehrnreichn Bauernstond.

I hör a Glöggerl schun va weitn,
das anhebt, aussetzt, dann und wann,
ma hoaßt's ban uns Vaschiediläutn
und frog si hoamli: Wen geht's an?
Jo, wen geht's an? — An starkn, groaßn
uroltn Stond vull Zucht und Ehr;
wia vor a Fürstengruft wird's hoaßn:
„Heut Bauer no' — und neamamehr!"

Feierobmd

I bin sist a Eibiswolda,
oba lonki Joahr scha fuat,
und so hätt i ols an Olta
wieda gern mei Olebm duat.

So a Keuscherl mit an Gangerl,
hoch im Berg, doß ma weitaus
siacht ins Lond, und mit an Angerl
und an Kestnbam vor'n Haus.

Und in Kronz vun Hoblschoartn,
drunta Unsre Liabi Frau,
und an Beindlstock in Goartn,
auf und auf schöa himmelblau.

Und a gmauerts Kellerstöckl,
intan Gibl etla Taubm,
draußt am Eck a Weingartfleckl
mit an Isabellalaubm.

Und do saßat i am Sunnta
— sog ma, so zur Vesperzeit —
still ban Kruag und roatat drunta
üba Zeit und Ewigkeit.

Schau i durch mei Schilcherglasl,
is die Welt so roat wia Bluat,
oba woart nur, no a Maßl,
und 's is olles wieda guat.

Ob sie rankn drunt und streitn,
do herobm waar's mäuserlstad,
grod nur von da Wies dos Läutn
hört ma, wann da Wind si draht.

Und so weit die Augn trogn,
wußt i jedn Kirchturmspitz,
wußt an jedn Hof anz'sogn
von da Wial bis Feisternitz.

Is's a nur a winzigs Stückerl
vun da Welt, für mi waar's gnua,
und mei lestes Schilcherschlückerl
trankat i der Hoamat zua.

Und dann hätt i nix dagegn,
wann grad so mei Herrgott kam
longsom nochn Gongsteig zwegn
und mi stad ban Irml nahm.

Und so gang ma gonz im stilln,
i und er mitnonda holt,
— und in Angerl sangan d' Grilln,
und da Mond stund üban Wold —

Eh die Sunn aufgeht —

Eh die Sunn aufgeht, is olls so tot und still,
ligg da Bodnnepl bis zan Mittergspill,
hörst die Nochteul jauzn her vun brochnan Turn,
wo vor olterszeit die Leut sand peinat wurn.
Und so finsta deucht dar olls rundumadum,
wia ma sist hot ghört vun oltn Heidntum.

Wann die Sunn aufgeht, is wiar a Goldmonstranzn,
kannst net einischaun vor lauta Gleahn und Glanzn,
und auf oamol is die Welt so weit und liacht,
doß mar eini bis in d' lestn Alman siacht;
olli Vögerl singan und die Gloggn läut't
za da Fruahmeß für die gonze Christnheit.

Is die Sunn erst obm, hebt dos Togwerk an,
jeda suacht sein Vortal, wo da mog und kann;
tant die Weiba rankn und die Fuhrleut scheltn,
hot's der Schelman häufti, sand die Redlan seltn;
in Gerichtshaus hörst die Afikatn wartln
und ban Bochwirt hintn tant die Lumpm kartln;
is die Kirchn laar wiar in an Totnhaus,
und da Mesna löscht die Fruahmeßliachtar aus.
Obar unser Herrgott obers Hocholtoar
wortat stillgeduldi, so wia's imma woar:
Wo die Leut hervor, döi heut no spilln und fluachn,
eahm in lesta Stund so wiar a Hünterl suachn,
dos sein Herrn valorn hot und net hoamzua woaß,
— wann die Sunn geht abi vor da lestn Roas —

Trauri

I waar heut völli trauri
und woaß net warum,
is olls so rar dumper
der Seltsam geht um.

Steigg mir ollahond auf,
wias vor ehzeitn woar,
schaun Leut noch mir her
vun woaß Gott wia vill Joahr.

Und olli vawunderli,
fremb und so still,
wia wann sie mi frogatn,
wos i denn will?

Mei, wos i will? Lebm!
so long mas no hatt,
guattuan und vageltn,
so long si's no tat!

Vageltn und ozohln
bold duat und bold do,
leicht paßt scha der Schwoarzi
und hult mi gach o.

Han oft a liabs Deandl wo
bitterli kränkt
mit an Wörtl an grobm,
doß sie's heut no gedenkt. —

Oba wann mi a seither
oft s' Gwissn druckt hot,
heut is olls verpaßt schun
und hinterdrein z'spot.

Und wann si's scha richti
zan wendn net tuat,
dos traurige sempern
mochts a neama guat.

Ban Plotzwirt in Winkl
san hiaz koane Leut,
do hot mi an Achterle
immer no gfreut.

Do schau i durchs Fenster
und holts gegns Liacht
und gspür so bakloa scha,
wias leichter mir gschiacht.

Und dö i beleidat hon
immer in Lebm,
i gspürs richti bold,
wias mir kloaweis vergebm,

doß sie mir nix nochtrogn
und mir olli banond
toat oder lebendi
wieder guat sand mitnond.

Dos mocht mir a s' Gwissn
so leicht und so grink,
doß i heut mitn Toad goar
no Bruaderschoft trink.

Der Hommaschmied

So hot ers müassn geltn lossn,
mei olter Hommaschmied,
sie trogntn fuataus noch der Stroßn,
und i geh longsom mit.

Wann i'hn so han ban Amboß gsegen,
moant oft der Hommaherr:
Net leicht bringg oans a Schmiedstuck zwegen,
so rein und takt wia der!

Heut steht der Sengsnhomma still
grod für a schwoche Stund,
eahm is net, wia dem inter d' Hüll,
a lonke Rost vagunnt.

Und kleber ausn Freithoftor
lossn 's 'n scha wieder an,
er timmlt wieder, nur davor
sitzt schon an ondrer Mann.

Leicht, daß er schon in Himml drobm
vorn Dunnerhomma sitzt
und loßt si vun sein Herrgott lobm,
wanns druntn sauber blitzt.

Kann sein —, nur sachat i 'hn voreh
herint noch oamol gern,
in Himml kann i 'hn, wann i geh,
leicht selber nomal hörn.

Der Schnegg

Der Hochrieglernaz is a Kloakeuschler gwäin
— i wüßt über eahm sist nix ungschaffns z'redn —
just immeramol vulla Muckn und Grant
und mehr Mensch für eahm selber, wias monche scha sant.
Der hot um die Nochban sie weiter net gschert,
nix gredt und nix deut, und dos hot do koan Wert!
Gach trifft 'n der Schlog und auf oamol woars aus —
dos woar recht a schütterer Zuagong zan Haus.
Hantn namla wul aufboahrt, grod Der oder Der
hot gschaut, ob nix z'brauchn waar umadumher.
Und wal a nix do woar vun Guat oder Geld,
is a koa Verwandter kemm, der si hätt gmeldt.
Woar a oafoche Leich, nur oa Geistlana mit,
hant betat ban Grob und brav Erdn drauf gschütt.
De Leut hant si valoffn, der Freithof woar laar,
just a Häuferl vull Erdn, und das net goar schwaar.
Hätt bold a so ausgschaut, wia wann no auf lest
sei Leta koa Hochrieglernazl waar gwest —.

„Jojo", sogg da Simerl drauf oamol zu mir,
„So gehts auf der Welt, und es kimmb ma grod für,
wia znagst, wiar i auffi in Weigart bin gang,
steigg a Schnegg übern Weg, kuhlschwoarz, fingerlang.
Wiar i hintergeh, is er zatretener glegn
no mittn am Weg, hättn bold übersegn;
und Käfer und Omasn obmaufdrauf,
und beinln und nogn und fressn eahm auf.
Und foahrn so richtig schöa gschmoch mit eahm o,
und noch a paar Stund woar koa Schnegg neama do.
Scha, hon i ma denkt, wia der Hochrieglernaz,
so Mensch für eahm selber, auf dos hon i koa Gschatz.
A jeds braucht an Umgong, es kimmb sist die Zeit,
wo oans um an Nochban do immramol schreit.

Und wannst scha koa Stimm net host von der Natur,
so geaht da, wanns noat tat, a weiter neamd zua,
und kimmst inter d' Erden und bist a rund weg,
wia znagst in mein Weigart der kuhlschwoarze Schnegg."

Der Nest

Heut homman begrobm,
mein Nochban, 'n Nest,
und is bei der Weinles
so lusti no gwest!

So long is gedenk,
hot koa Les mi so gfreut,
und der Nest mittn drunta,
kernfrisch no — und heut!

Hot Urlaub müan nemman
von Grund und von Haus,
grod a Häuferl vull Erdn
auf die Truchn — und aus!

Waar oft Oana übrigs,
um den koana frogg,
der wo umanondgeht,
hinter den Koani klogg.

Oba der! So a Monn her,
so takt und so fest,
no is mir koa liabera
Nochba wo gwest.

Koa Vich hot derft gschlogn wern,
koa Kinderl net woan,
für olls hot er Rat gwißt,
und hundert für oan.

Wann Oans hot an Zeug braucht,
an Zug oder so —,
do woar holt der Nest
mit sein Fuahrwerk scha do!

Und wia selm mei Weib is gstorm
— i gedenks no wia guat! —
und i ollwal sinniert hon:
nur nochi, na fuart —

Wia is er net kemm selm,
hot koa Wörtl verlorn,
glei die Hond auf die Ochsl:
„Host du a schöans Korn!"

Und wia mir der Stoll hot brunn,
auf und auf Leut,
is der Nest alloa eini,
und jaikts Vich auf die Weid.

Und erst nochn Jagern,
seine Lugn und Gspoaß,
doß is heut olsa Olta
frei olle no woaß.

Die Nochban sant druntn
zua Bstattan ban Wirt,
obar i geh net nochi,
dos hätt mi scheniert.

I geh na still hoamzua,
und wiar i a roat,
es wird mir net leichter
und olls deucht mi hoart.

Und nix follt mar ein
und i woaß na dos oa:
Grod du häst net sterbm sullt,
Nest, du alloa!

In der Herrgottwiesn

In der Herrgottwiesn hot's vill stille Leut,
hant ihrn Zins schun ogricht für die Ewigkeit,
hant koan Haustorschlüssl und koa Fensterl mehr,
und ums Garterl grobb für söi da Scher.
Hont olls gleiche Zimmer, schöan in Kühln glegn,
und a Taferl drüba mit „Auf Wiedasegn!"
Mein, auf Wiedasegn! Denkt net Oana auf,
wos i olls vullbrocht han in mein Lebmslauf.

Und wia sie so lignt noch da Reih doher,
spilln s' do noch die Jahrl „Vota, leich ma d' Scher!"
Kimmb da Totngroba mit sei Schaufl für:
„Hot a Neuga anklockt ums Quotier."
Grobb und schauflt fleißi, red't ma freundli zua:
„Gehma, gehma", moant er, „host scha gschlofn gnua."
Ramt mei lestes Restl richti sauba weg,
trogg's zan Boanlkeller hint in Freithofeck.
Inta meina drunta lignt vill guati Leut,
hant ihr oarmi Sell längst in dar Ewigkeit;
wos sie gfreut und druckt hot, olls is long vorbei,
— und um d' Herrgottwiesn blüaht der Mai —

In da Nocht

So manchmol, da weckt's mi
gach auf in da Nocht,
geht da Mond still ums Haus,
und mei Lebm steht auf d' Wocht.

Und als wia wann i z' höchst
auf an Berg obm stund,
siach i's wieda vor meina,
daß i's angreifn kunnt:

Tiaf drunt, wia die Waldungan
schlofn in Grobm,
liegn d' Sorgn und Müah,
döi mi umtriebm hobm.

Und wia d' Ackerl und Fleck
weit in Unterlond draußt,
han i olls mir mei Leta
müahsali dahaust.

Und olls, wos net recht gwäin is
oder a Sünd,
ligg wia 's Gröll intan Mias
in da Stoanrampm hint.

Oba hiaz — und wia guat,
daß i's no amol hör! —
jauzt hell üba d' Alman
mei Jungsein daher.

Mei Jungsein, das Fruahjoahr,
und die Welt vulla Freud,
und 's Kammerl vun Deandl —
wia weit, o wia weit —!

Da Mond is vakemman,
a Kautz locht in Grund
— und an eisgrabs müads Mandl
woart still auf sei Stund —

Hot olls sei Guats

Wann i so jungaweis bin gsprungen
oft aus ins Gäu, do hon i gsungen
und kirzngrod in Himmel guckt,
koa Stoan am Wegerl hot mi gjuckt.
In Housnsock koan Kreuzer Schein,
Fix! und die gonzi Welt woar mein!

Heut setz i ols a gmochta Monn
gichtkrumpa Schritt vor Schritt voran,
und singg a Lercherl in da Höch,
i hon net Zeit, i schau am Weg,
schau stuckgwegn noch da Stroßn fuat,
doß mir koa Stoandl böasla tuat.

Hot olls sei Guats —, oft kimm i dann
akratt an holbm Kreuzer an!

Mei Hüntl

Hon a kloans, a zottats Hüntl,
hot mi weiter net vill kost,
wiar i bei an Weinzerlgrüntl
kaft hon ghobb an Holbm Most.

’s selbi Hüntl gab i richti
net um woaß net wos mehr her,
is so liab, so gscheit und gwichti,
oba gegn an Fremdn sper.

Woart’t in d’ Fruah schun auf mi druntn,
schaut ma stuckgwegn in die Augn,
ols wullt’s sogn: „Mir zwoa kunntn
für anond net besser taugn.

I kloanwunzi, du großmächti,
olli zwoa in zniachtn Gwond,
hätt’s nia denkt, doß mir so prächti
passn kunntn für anond.

Will a großa Hund mi beißn,
schlogst auf eahm dein Steckn o,
und will di a Rauba zreißn,
nur koan Ongst, i bin scha do!

Zwick’n hintn in die Wadl,
gifti, und er draht si um,
und — woaßt eh — so bei die Madl
bin i wieda lamperlfrumm.“

Hon mei Pfeifn znagst vagessn,
wiar i ’n Wold a Hulz hon gmocht,
is er net fünf Stund long gsessn
still davor und hot brav gwocht!

Und wia gwoahri! Net a Schintl
derfat Oa vun Haus wecktrogn,
greift er drum, spring schun eahm’s Hüntl
wiar a Pfitschipfal zan Mogn.

Hot der Nochba wos valoarn
oder kimmb mit oana Frog,
lost a schun mit gspitzti Oahrn,
wos i wull dagegn sog.

Mein, wia wurd's mi rar belängen,
wann dos Hüntl neama waar,
wia mi d' Lonkwal wurd daglängen,
olls ums Haus so still und laar —

Kunnt scha sein, doß i müaßt woan,
und leicht kamat's mir in Sinn,
ob i net der Krott, der kloan,
oft wos schuldi bliebm bin.

Drum, wia heut die Vögerl singen,
gehma lusti aus ins Gäu,
du mochst d' Schulabuam springen,
und mi gfreut der liabi Mai!

Fährten

Scha, heut is hell woarn üba Nocht!
Zwoa Tog long hot's an Schnee hergmocht,
is goar die Sunn dahint vabliebm,
so dick und schwaar hot's niedagschniebm.
Dos oarme Gwild! So intan Schnee
in Loga liegn tuat holt weh:
koa Blatterl Lab, koa Kerndl Koarn —.
No in da Nocht is's rogli woarn.
Frei lusti, wia so kreuz und quer
die Fährtnan lafnt hin und her
vun Woldroan oba auf die Weid;
dos mocht an oltn Jaga Freud!

HOLZ

Voran die Hosn, hoppsdodero!
Döi woarn als die erstn do,
und hinta seina schnürt sei Gspur
da Fuchs — na grod auf an Dischgur!
Döi weitn Satz do, Poar auf Poar,
wann dos net goar a Moda woar!
Und durt, döi Trapperl, leicht und fein,
dos kinnt na vun an Wieserl sein;
und intan Gsträuß duat, kloa datretn,
goar vun an kloan Rebhendlkettn.
Wia guat, wann 's oarme Wild so gschwind
mit Gottes Hilf sei Noahrung find't!
A jedes woaß sein gwissn Pfod
und wos's am meisten nöati hot.

Scha, oba durt hiaz, Saggrawold!
A Fährtn, döi mir goar net gfollt!
Do geht stuckgwegn a frische Spua
der Kramerveitlkeuschn zua!
Do braucht oans just koa Jaga sein,
döi Mannstritt kenn i, o du mein;
do is der Blos erst jüngstvawichn
zur Kramerveitlnani gschlichn,
und spillnt hiaz in Schnee und Eis
Adam und Eva in Paradeis —!
Gsegn's Gott! Mi geht's net weiter on,
do schleich i liaba still davon;
i woar vor etla Dutzend Joahr,
wann's paßt hot, just der gleiche Noarr.
Do gibb's nar oans: nix segn und hörn,
nix weitatrogn und plauschat wern:
Hunger und Liab! 's is olls am End
heut wiar in Oltn Testament!

Ban Müllgong

Ban Müllgong intas Wulfn Müll
ziacht 's Wossa her so tiaf und still,
do woarn zu meina Buamzeit
no Felbaboschn boadaseit,
und wann sie drobm hant Rindn zreckt,
hot's duat nach Loah so hoamli gschmeckt.

Durt han i selm amol — i woar
a Bua grod so mit fufzehn Joahr —
a Kitterl und a Pfoad gsegn liegn,
mir is glei seltsom hoaß aufgstiegn!
Und zwischn d' Ast durch siach i grod,
wia si a Deandl durt hot bod't,
wia's unsa Herr in Paradeis
daschoffn hot, so blüahlweiß.
Dos hot si do ganz sicha deucht
in olla Unschuld und net gscheucht,
und woar holt so vill schöan und liab.
I bin glei gsprungan wiar a Diab,
und net um olls hätt i mi traut,
daß i amol hätt hintagschaut;
nur 's Platzerl hot mi lang no gfreut
— ganz ohne Sünd und Schlechtigkeit!
Seitdem san ville Joahr schun aus,
han längst scha Weib und Kind und Haus
kriag und valoarn, wia's holt scha geht,
bis ma so ganz alloa dosteht.

Znagst oba, wiar i olta Schrogn
ban Müllgong für han Jausn trogn,
follt mir dossebi Deandl ein —
heut wird's an oltas Muatterl sein —.
Und gspoaßi: Grod wia seinazeit
hot's mi auf oamol wieda gfreut,

doß i, wann a nur auf an Flucka,
selm wiar a süaßas Bröckerl Zucka
als dumma Bua han derft in Ehrn
die reini Unschuld inne wern.
So han i's a nia hörn möcht,
wann wo in Wirtshaus hant die Knecht
schiach von an Fraunzimma gred't,
und bin do a so hali net.
Denn wia die menschliche Natua
beschoffn is, woaß jeda gnua;
wann Oana sogg, er waar nia gstraucht,
so hotn holt die Hoffart z'laucht.
Drum, wann si Oana redla gfreut —
— ganz ohne Sünd und Schlechtigkeit! —
wo er a helli Unschuld siacht,
und still davor sei Hüatl ziacht —,
derselbe is net ganz valoarn.
Und so bin i a Siebzga woarn,
— und steh und roat und gfreu mi still
ban Müllgong intas Wulfn Müll.

Das Perspektiv

Der Jagerluis hot nachtn spot
no zuwagred't: „Hörts, wal i grod
auf Votschberg sull in Heiratssochn,
möcht i mi liaba gringer mochn;
i loß enk Gwehr und Rucksock do,
und übermorgn hull i's o.
Kannst mei Spektivi ar amol
auspockn aus 'n Futterol,
do wirst liacht schaun, wia schöa ma siacht,
wia dos die Weitn zuwaziacht,
und wia der Herrgott drein sei Welt
so lusti uns vor d' Nosn stellt."

Und heut am Sunntanochmittog
schleich i vors Haus und schau vun Schlog
aufs Dörfl obi, wo ban Moar
grod Holtaball und Musi woar.
Mensch, so a Glos zoag frali rein:
Grod gwurlt hot's druntn aus und ein!
Auf oamol raft a Träuperl Leut
ban Haustor außa, Oana schreit
und wiahrt si und fliag schun aufs Gfrieß,
— wann dos net goar der Lipperl is!
Und wia da aufspringg, fluacht und spuckt!
Leicht hant sie n' goar a weani gjuckt?
Do schau i liaba net gern zua,
graft hon i eh mei Leta gnua.

Do schau! Do drentn übers Boch,
do schleicht a Schlangl Oana noch:
Der Weidjung is's und die Kathrein,
und ziachn schun ins Jungmoas ein!
Und han ma's do schun öfter denkt,
wann's der dawischt, der bleibt's net gschenkt.
Holt jo, so geht's: z'erst gscherzt und glocht,
und übers Joahr — na, guate Nocht!

Hiaz drahr i mi still noch der Seitn,
wo übern Wold die Winterleitn
so grean und friedli schaut getol
und spekulier ma's o amol,
— und siach a Mandl obers Zaun
am helln Sunnta Ruabm baun!
A spannlangs Dirndl schleicht voran
und treib die mogern Öchsel an.
Dos kann ja nur — und is's a gwiß —
der Odombauer in der Ries!
Wia zach dos geht, wia hoart und sper!

Und is no net drei Wochn her,
hot eahm der Schauer olls vawüast —
Mensch, wann Oans durt heut hausn müaßt!
Der schind't si um sei Stückl Brot,
und druntn schlogn s' Oan holb tot —!

Do schau i liaba in die Weit
und suach ma, wos mi besser gfreut,
wia drobm auf der Rappoltolm
die Küahlan gengant und die Kolm.
Und duat — hiaz han i's schoarf in Glos —
die Petrerkuhlstott — oba wos!
Der Moala glost no, oba 's Haus
schaut wiar a laari Brondstott aus!
Erst nachtn hot mi kloandaschreckt
um Mittinocht mei Waberl gweckt;
do homma gsegn, wia weit hint
inta dar Olm a Keuscherl brinnt.
Hiaz woaß i, doß döi Röatn goar
vun Michl seina Keuschn woar!
Der Hascher! Erst vor vierzehn Togn
homm sie eahm 's Weib in Freithof trogn.
Ihr Leta hot sie si nix gunnt,
nur für ihrn Michl olli Stund
hot sie si gschundn bis auf d' Nocht,
dawal er bei sei Kuhlstott wocht.
Der roatat si hiaz wul recht schwaar,
as gonzi Lebm is eahm laar,
und siacht as liabst sei Nani woartn
auf eahm in ewign Rosngoartn —

Nana! Wann so a Perspektiv
nix z' zoagn woaß, wia auf an Griff
nur Streit und Noat und Sündnfoll,
do schiab i's liaba ins Futtrol
und loß mir meini oltn Augn
zan Umanondschaun liaba taugn,

und sitz mi untern Kerschbam nieda
und schau gemüatli hin und wieda.
Wia schön is do die Welt und weit
und rundum vulla Herrlichkeit!
Brauch mir net erst an ganzn Haufn
vun Not und Ellend zuwaschraufn!
Späch du noch deini Hirsch und Reach,
i schau viel liaba in die Höach,
zan Himml und wos drunta blüaht,
und woxt und reift und zeiti wird.
— Bis doß mei Herrgott in Gottsnamm
ruaft: „Hons, pock dein Guckkostn z'samm,
du host dei Leta gsegn gnua,
mir gehn hiaz in die ewige Ruah;
duat lebst um mi in Fried und Ehr,
— und brauchst koa Perspektivi mehr!"

Geographie

Vun da Modriak bin i aufn Groaßofn gstiegn,
Mensch, wos do für Stoanfelsn übranond liegn!
So hoach wiar a Kirchturm, doß d', wannst di net füachst,
die Welt inta deina wiar a Londkortn siachst;
und wia weit do die Augnan — i kunnt's goar net sogn —
über Grabn und Waldungen himmlweit trogn!
Und wiar i no schau, hätt i's bold übasegn,
kimmb still hinta meina da Kuahholta zwegn.
„Mit Valaub", sogg er, „tan S' a gern umspeggaliern?
Obar immaroans konn si net verornamentiern —"
‚Scha guat', sog i, ‚Hias, eppa sogst ma's holt on,
wos i nocha mir selba net ausdeutn konn.
Do vor is da Speik, oba 's Woldschöpferl drent?'
„Dos homma sist imma 'n Gföllkogl gnennt —"
‚Und do in da Nochand, just vorn selm Wold?'

„Oh, dos kenn i guat, is die Stoanbauanholt,
do bin i vor Zeitn an Deandl nochgong,
Mensch, selm hot's mi umtriebm — oba net long!
Wos da Mugl dahinta für an Namm eppa hiat,
dos hot mi selm weita net verintressiert —"
‚Oba 'n Wold vorn Mugl, wia hoaßnt sie den?'
„Bin weita net drein gwäin, und woaß 'n net z'nenn.
Kunnt sein, doß da Mooswold is, wann's mi net trüagt,
so hoaßt 'n da Forstadjunkt — wann da net lüagt —;
oba mein, der is schun in an ondaran Pfoarr,
mei Ahnl is durchi, wia da kirfoartn woar —"
‚Oba hoch übern Mooswold, do siacht mar an Olm,
just nebm der Lärchn, grod inta der Schwolm?'
„Dos hoaßn s' die Hocholm, hon i imma ghört sogn,
hätt, moan i, a Wildschütz an Jaga daschlogn —"
‚Und noch weita hintn, dos stoanani Gmäuer —?'
„Dos, moant a Toal, ghörat scha auf Obasteier —"
‚Und draußt weit, döi Ebm, grod üba Marein —?'
„Dos, sognt sie, sullt schun in Ungarlond sein —"
‚Oba gonz weita draust, ma dasiacht's nur net glei —'
„Hot a Hondla gsogg, war scha mehr gegn die Türkei!
Mein, Waldungen, Grabm und Alman hot's vill,
dos braucht dir a Zeit, wann ma's auskemman will —"
‚Mein, du, liaba Hias, und i dank da soweit,
oba hot di die weitere Welt denn nia gfreut?'
„Die Welt? Unsa Gegnd hon i imma no gwißt,
und 's Weitare hoaßt ma holt Umgegnd sist.
Döi geaht unsaroan jo a weita nix on,
bin froah, wonn i d' Nochand mir ausdeutn konn.
Mei Modi noch i's auf da gonzn Welt gleich:
die meistn sant Oarmi, und etlani reich,
und die Noat vun die Oarman, döi druckt sie net schwaar,
no nia hon i ghört, doß wo onndasta waar —
Oba hiaz kimmb a Wetta, mia müaßn uns gschlaun,
is Zeit, doß mar obi zua Kuhlhüttn schaun;

und geaht's recht grob nieda, so wia ma's scha hört,
bei da Thres in da Kuchl ihrn offanan Herd
do los ma schöa truckn wia da Schnegg in sein Haus
und lochn die weiti Welt umadum aus.
Und so is as Roasn und Wonnan umsist,
und 's gscheidast, du bleibst für dei Leta, wos d' bist!"

An alte Gschicht

A Maus hätt amol übern Boch umi sulln
und roatat holt wiar oder wos?
Do huckt a kloans Krötl in an Felber, an huhln,
und moant: „Scha, nix leichter wia dos!

Dei Pratzerl, dos bindst an mein Schinkn fest an,
und wiar i a Hauptschwimma bin,
brauchst du di net plogn, i schwimm keck voran,
dos geht da scha nobl dahin!"

Na guat: Oba mittn in Boch follt's eahm ein,
in Krötl: Hiaz wann i so tät
a kloanweni tauchn, a Gspaß muaß do sein,
Mauspeanl, bist hin oder net!

Oba wia da will tauchn, kriag 's andri an Graus
und wiahrt si und jammert und bitt,
a Sporba dos hörn, und stöaßt auf die Maus
und schlingg a as Krötl glei mit.

Drum wann sie a Spitzbua a no so gscheit woaß,
hoaßt's: Goar z' gscheit is dumm oft am End!
— Ban uns dahoam woaß jeder Holta den Gspoaß
und ös hobs 'n denna net kennt!

Drum —

Hiaz homma in Dörfl an jungen neugn Lehrer,
— schreibm sullt er si, moan i, holt Gfrerer —
oba sist mit sein rechtn Nom ruafnt sie'n Veit;
der is da scha, richti woahr, unmügla gscheit.
Koa Käfa, koa Folta, koa Stoanl is eahm fremb,
wos as Wossa in Boch vun dar Olm obaschwemmb;
der hot Instramenta und lest's scha heut o,
und morgn akratt is da Londregn do.
Und kennt a jeds Bleamerl, jeds Vögerl in Wold,
und wia si dos Sochn einwendi vaholt,
warum dar Oa schlecht is, der Oa wieda net,
und wos nochn Toad für Bewaundtnusn hätt.

Naxt siacht er a Deanderl alloan auf der Weid
und hebt zan Sinniern an, wia er si's deut,
doß grechn dos Deandl eahm goar a so gfollt,
wo da sist vun die Weiba do weita nix holt.
Und warum sie eahm gfollt und wiaso doß dos kam,
wann sie richti gstott seiner an onnan Buam nahm.
Und wird scha kloamoga und schaut scha vun weit
wiar a Beichtzedl aus und va lauta der Gscheidt.
Und woaß si net z' helfn — und is do so leicht
und so oafoch für unsaroan, wia ma so deucht.

I moan holt a so: Wos dos Bleamlwerch is,
dos saat si vun selbar on her üba d' Wies',
und Stoanl döi hot's weiter übaroll gnua,
is schod um die Zeit, wann i s' ausklaubm tua;
vun d' Vögerl do singg oans 'n onnan zan Gspoaß
und mi gfreut's, wann i weita koan Nomm a net woaß.
Und geht mi da Durscht on, so gehr i zan Brunn,
nochn Regn wird's truckn, vawegn da Sunn.
Und warum dar Oa guat is, dar Oa wieda schlecht,
mein, waarn olli Lumpm, so gangat's uns schlecht.

Und die Veverl erst, Herrgott, döi woaß as erst gwiß,
warum ihr ihr Hulzknecht da Liabare is.
Do braucht's koani Kenntnißn wia und warum,
sie locht si ins Fürta und denkt si holt —
drum!

Da Wossamann

In Sollegga-Grobm, grod herinters'n „Stumpf
in Berg", ba da Stroßn, mocht da Boch so an Tumpf,
schiaßt da Felsn ins Wossa glei kloftatiaf o,
mitn Stangl, wonnst stierst, is ka Grund no net do.
Und in selbign Tumpf, hon i imma ghört redn,
waar, moan i, vor Zeitn a Wossamonn gwäin;
a zottata Lotta mit an miasgrean Boart
und die Protzn und Füaß wiar an Antn so broat.
So hot er drein glost wiar a Hecht intan Schlog
und paßt auf die Kinna ban helliachtn Tog;
und wia si oans hot üban Roan obibogn,
is a füra gach gschossn, hot's mit obizogn.
Hot s' koana mehr gsegn und koana mehr gwoahrt,
woar die Leich und as Omt und die Bstattan daspoart.
Hotn oft immaroana schan ofongan wellt
und Follnan und Netz oda Schlogeisn gstellt,
oba wos sie a weita für Mittl hant gwißt,
dos Luada woar gscheita, und olls woar umsist.

Obar oamol in Summa, fufzg Joahr is leicht aus,
kimmb da Sottlolmjaga van Birnkirta z'haus,
a kloanweani räuschi, 's Manad hot gleucht,
und wia da so obischaut, hot's eahm grod deucht,
er sachat in Tumpf so wos platschln und schlogn,
hot der Teigl akratt an olts Weibl ban Krogn,
draht's üba und üba, bold duat und bold do,
und kieflt ihr grod no die Zechnnägl o.

„Scha, heut kinnat's paßn", hot da Jaga si denkt,
is hoam schnell, und 's schwarasti Fuxeisn henkt
er intar an Boschn, hot's gricht't, doß leicht schnellt,
und a Trögl mit Schnops und mit Heni fürgstellt.
Aft hot a sei Gfeiferl ankentat und paßt,
waar bold scha vaschlofn; do taucht zwischn d' Ast
der Sakra auf d' Höch und schaut umadum aus
und schleicht nochn Trögl wiar a glustani Maus.
Do mocht's schan an Schnolza, an Schroa und an Plumpf
und dar Oa mitn Eisn schan obi in Tumpf.
„No gehr i net nochi", hot da Hiasl si denkt,
„no is koana okemm, der oamol drein henkt,
hot long guat die Protzn in Fuxeisn drein,
und morgn in d' Fruah ghört der Teigl scha mein!"

Und zeitli in d' Fruah san die Bauern scha do
und stiern 'n Tumpf nochn Wossamonn o;
und so schwaar woar dos Ziefer, so sper und so wüast,
mit Kettn und Windn hant sie'n aufreidln müaßt.
Hiaz hant sie'n wul gschlogn, so viel sie hant mecht,
und dar Oa wul zan Bittn gschaut, gwuislt und gwecht,
sie sulltnan um Gottswilln do loßn ban Lebm,
er wullt senna gern, wos sie mügatn, gebm.
Long san sie net gleich woarn, auf d'lest moant dar Ulz:
„Hiaz, wanns 'n scha richti ban Lebm lan wullts,
i hon nix dawida, mir hot a nix ton,
oba wos in Gottsnom fong ma sist mit eahm on?
Und sowull er 's Daschlogn vadeant olli Stund,
dos giftige Weibl is eahm redla vagunnt.
Hot eh nebman Bettln no ollahond gstulln,
wann das richti hot pockt, braucht's da Teifl net hulln.
No is si ban uns a net zuaständi gwäin,
brauch ma weita zan Gricht net mit Weg und Redn.
Die Murbodna Bauern, döi hoffartan Robm,
möi sulltn s' net a sennan Wossamonn hobm?"

Und richti! Mit Kettnan und Strick wiar an Stier
hant sie'n buntn und treibnan ban Olmhaus für
in Lobminga-Grobm und auf Knittelfeld zua
und ihres Gedenkns marsch eini in d' Mur.
Und so hant sie'n holt triebm und intadrein plauscht;
obar af dar oa Seitn, wia 's Wossa scha rauscht,
do sogg a no ehnda: „I bitt, meini Herrn,
wann i do no der Strick früaga ledi kunnt wern!
I woaß, in da Mur is a meiniga Gspan,
der, wann da mi siacht, pockt mi sicha glei on.
I will mi scha wiahrn, oba der is so wild,
wann's roat aufawolgg, nocha hon i vaspielt!"
„Neugieri, wia's ausgeht —", hant die Bauern do gsogg,
hantnan richti losbundn und in d' Mur einigjogg.
Und 's dauert net lang, kimmb's scha roata daher,
moant da Simmerl: „Hiaz homma koan Wossamonn mehr!
Und waar namla guat z' brauchn, bol unsari Fraun
oft gach mit die eisanan Häfn zuahaun."
Moant da Hiasl: „So Oani, döi kammat ma recht,
i frassat s' aufs Kraut, Mensch, do kennts ös mi schlecht!"

Und so kehrn sie um und mit Rankn und Redn
wieda hoam üba d' Olm, und wal's schwölli is gwäin
hant s' ban an iadn Wirtshaus ihr Zuakehran gmocht
und san richti erst hoamkemm uma zwölfi auf d' Nocht.
Da Hias hotn irgaran Foßgruchn ghobb,
und vor seiner Keuschn, do hot's 'n dahobb.
Die Onnan hant gwoartet, er timmlt frisch on:
„Auf, auf, mei liabs Waberl, da Hias is, dei Monn!"
„Jo, jo, mei Bua, Hiasl, goar glei kimm i zwegn",
ruaft d' Waberl und foahrtn springgifti entgegn
und wuschtn an Sechta mit Koschpl ins Gfries,
und prügltn hoam, doß schun onständi is.
Und die Onnan va weitn hant käferliacht gschaut,
moant da Simerl: „No hot as net gfressn aufs Kraut!"
Und san sündla 'n Dorf zua und inters'n Brunn
moant da Stoarigahons — und da Mond hot hell gschun'n —:

„Darum und derwegn, und wann ma's so nimmb,
und wann oans so wissat, wia's hintnnoch kimmb,
wia leicht hätt da Hiasl mitn Eisn no gwoart,
und die Sei hätt ihrn Sechta mit Koschpl daspoart,
und da Wossamonn hiat, wann da grod amol fischt,
die Waberl oder meintswegn mei Olti dawischt. —
Und immaramol sachat's do völli so aus,
waar a weani a Wossamonn nutzsam ban Haus!"

Die vawunschanan Fuhrleut

Vun da Reisstroßn grechn drei Pixnschuß weit
auf da Mittamoarholt und glei intas da Schneid
zoag a Stoanofn grod so a klüftani Wond,
ols sasatn richti drei Mandl banond.
Waarn, moan i, amol vor a villhunat Joahrn
drei Fuhrleut mit Stolz üba d' Olm übagfoahrn,
an halan Pfingstsunnta, wo jeda Mensch woaß,
doß ma do schön ins Omt ghört und net auf die Roas!
Oba döi hant nix glabb, na glei glumpat und gfluacht
und liaba 'n Teufl ban Kartln vasuacht.
Und wia drunt in Marein unsa Pfoara selm grod
zan Segn 's Ollahalasti aufghobm hot,
moant dar Oane: „Döi Plottn waar grod an Altoar
und mei Becherl der lustigsti Kelch in da Pfoar —"
Und scha huckn s' und spilln s' wia die Rotzn mitnond,
und hant's frei übasechn, wiar a kuhlschwoarzi Wond
aufsteigg hinta söi und a Wettar ausbricht
mit Dunnar und Blitz wia zan Jüngstn Gericht.
Und an eiskolta Schauer kimmb üba Sankt Hemm.
Do is senna wul glei da Grausn ankemm.
Und wia sa si anschaun, is scha jeds a so rar
totnbloach und scha gach wiar a Stoanfelsn staar.
Sand richti vastoant woarn und bliebm bis heut,
die vawunschanan Fuhrleut, so hoaßn s' die Leut.

So han i schun imma ghört sogn voreh,
und heut, wiar i wieda dar Olm zuageh,
kimmb gach a Mordswetta — und is a scha do!
Und wiar i no schau, wor i intasteah mo,
huckt inta d'selm Fuhrleut in pelzwoachn Mias
a Mandl und deut't ma. — Da Wegmochahias!
I druck mi glei zuwa, und wia's a so rauscht,
han i und da Hias so vun ollahond plauscht
und a vun die stoananan Fuhrleut so gred't.
Moant da Hias: „Hiaz auf döi leg i weita koa Gspött.
Waarn döi net, i kamat heut kleschnossa hoam,
und so sitzn ma drunta schöa truckn und woam.
Und heut no, wos d' Fuhrleut die Stroßn ruiniern,
dos lat si scha wieda bakloa repariern.
Springgifti alloan bin i hiaz na so vill
heutstogs auf döi höllischn Autamobill!
Döi richtn die Stroßn scha grundellend her,
und wanns d'n a nochschreist — jo, mei, wo is der!
Sie hörn a koa Meß za da halastn Zeit,
ziachn d' Haubm üba d' Waschl und sand scha wia weit!
Döi, wann unsa Herrgott wullt olli vastoan,
war bold ninascht koa Holt mehr, glei Öfn alloan!"

Inta den hot scha richti a Auto hergrehrt
— i hon's eh glei kennt, hot zan Sengshomma ghört —.
I hoanan glei zuagschrian, mir steign rund ein,
und so geht's in oan Wuscha tolo auf Marein.
Zerst hätt si da Hias bold net hersitzn traut,
oba bold hot a stuckgwegn umadum gschaut:
„Scha, druntn die Sogmühl — und do! meina Treu,
woar dos net as Lerchnkreuz? — und scha vorbei!
Und die Stoarompn hiaz übas Hoachbauanholt,
he, einschleifn, einschleifn, Saggarawold!"
Und so is akratt wiar a Flucka na gwäin
bis drunt vor sei Keuschn, do kimmb er erst z'redn:
„Dos is amol guat gong und derf ma scha lobm,
sist sasatn mir olsa potschnossa no drobm,

jo, olls is net gfahlt, wos sie aufbringan tant,
und wann's a derwal nur die reichn Leut hant.
An Wegmocha, frali, den trog's so was net,
wann ma's grod noch da Schicht so zan Hoamfoahrn hätt!
Waar weita net übel, i liaßat ma's gfolln,
oba frali, dos kunnt da Bezirk net dazohln.
Wann i na glei Sunntas kinnt immramol foahrn,
as Werchtogs waarn drobm döi stoananan Noarrn,
wann a Wetta will kemm, so zan Intasteahn guat,
tua mi fleißi bedonkn — scha, wo is hiaz mei Huat!
Den hot ma da Teufl ban Höllfoahrn ghult!
Mein, wann i'n a richti scha einbüaßn sullt,
meintswegn. Sist kann i'n leicht morgn dafrogn,
an Wegmochahuat hot no koana vatrogn.
Und wonn a —! So billi und gschmoch und so gschmirb
wullt i gern amol foahrn no, eh doß i stirb;
an lukatn Huat woar döi Höllfoahrt scha wert
mitn Autamobill — wonn's a no so schiach plärrt!"

Da Moosbock

Weit hint in dar Oanschicht, grod a Steigl geht für,
hot a stoanolta Moosbock sei traurigs Quotier.
Da Wold is stockfinsta, koa Vögerl schlogt drein,
und auf d' Nocht gebm die Stöck duat an helliachtn Schein.
Um an eisgrabi Ahorn fliagnt heut no die Robm,
wal a Kellnrin von „Bärn" hätt ihr Kloans duat vagrobm;
ihr Kloans duat vagrobm und si nebm dahenkt —
(und ihr Weidjung, der hätt si in Stiftsteich datränkt).
Und vor urlonga Zeit, hon i immer ghört sogn,
homb s' am Christhaliobmd duat an Hondla daschlogn.
Hättnan, moan i, wul ruafn ghört: „Helfts, guati Leut!"
Oba mei, wer wird helfn in da Oanschicht so weit!

Hiaz konnst da's scha denkn, wia hoamli 's duat is,
oba 'n Moosbock, den Robm, den taugt's dar erst gwiß.
Da huckt er in Ahorn und schloft inta Tog;
oba gleim kimmb da Mond üban Tannrieglschlag,
so müntert's eahm auf, er schwingg aus nochn Bam
und spächt umadum aus, ob denn 's Wildgjoa net kam.
Und 's is net long aus, wolg's in Lüftn daher,
mit Roß und mit Hünd und mit Spieß und mit Gwehr.
Toal hußnt, toal schnolznt, toal jauzn in Schock,
toal jammern wia Kinna, toal plärrn wiar a Bock.
So foahrnt sie hoch obm und her üban Wold,
doß's hint in die Klüftn no lonk nochihollt.
Und 'n Moosbock, den oltn, den sullst da do segn,
der kimmb da do glei mit an Juchaza zwegn,
kriag gleandani Augn und gschodati Flüg
und draht si und deanert und mocht seini Stieg.
Und da Lesti in Schock winkt mit zaundürra Hond,
do hot scha da Moosbock die Schwingen ausgsponnt
und foahrt wiar a Haslhahn schoarf hintnnoch
fuataus nochn Grobm bis zan Kreuz entas Boch.
Wann's nocha duat „Ooans" von da Kirchnuhr schlogg,
do reißt's 'n gach üba, do wird er vazogg.
Das Wildgjoa vakimmb und er muaß wieda ham,
steckt 'n Kopf inta d' Flüg und huckt wieder in Bam.

Wonn da Jaga in Greuth — Grinschgl hot er si gschriebm —
is üba die Sperrstund ban Blochwirt vabliebm,
und gjodlt und gjauzt hot und gsoffn und glogn
vun die Bärn und Wölf, doß si d' Wänd nur ham bogn,
hot a, moan i, ban Hoamgehn as Wildgjoa oft ghört;
oba der woar a Festa, hot si weita net gschert;
hot immer in Leibl a Weichbildl trogn —
und an schwoarzbeeran Spiritussanktus fürn Mogn.
Oba just ban selm Kreuz is a woach woarn und kloan
(wal grod entas Boch woar sei Hüttn am Roan).

Hätt liaba ban Kreuz seini Sündn obüaßt,
meintswegn bis in d' Fruah, oba hoam hot a müaßt,
wo die Olti springgifti wiar a grantiga Grill
scha stundnlong paßt hot auf eahm inta d' Hüll.
Ouft hat er uns Buaman von Wildgjoa dazählt
und hintadrein gmoant: „— Jo, so geht's auf da Welt,
den Oan geht dos Grausn ban Wildgjoa schan on
und 'n Onnan — na red ma net weita davon!"

In Dischgur

Oft kimmb ma mit Oan grod so z'samm aufn Weg,
und hebb gmüatli an z' plauschn, wia's Den und Den geht.
„Den bin i net feind", hoaßt's, „und er hot an schöan Grund,
und wann's eahm guat ausgeht, 's is eahm redla vagunnt.
I hon eahm a gern sist, oba 's geht nur die Red,
er waar gegn die Deanstleut so freigabi net —"
‚So is', sogg dar Ondri, ‚und as hoaßt bei mir z'haus,
as vahungat bei eahm in da Tischlod die Maus —'
„Jo, jo", sogg dar Oa, „und ma sogg's sist net gern,
er treibb um an Kreuzer a Laus bis auf Wean —
Und znagst hot er am Kirta a Roß mir onghenkt
mit Spot und mit Golln, dos bleibb eahm net gschenkt.
Und sowull mar eahm weiter nix nochsogn will,
er is do a Häuta, kloaodraht und still —"
‚Mir hobm uns sista a imma vatrogn,
oba wos sicher woahr is, derf ma ollimol sogn —'
„Und neuli, do hant si a Redwerch aufbrocht,
bei da Junkwirtin bliebat er gern üba d' Nocht —"
‚Dodavon woaß i nix und ma red't's net gern noch,
bei der saubaran Dudl wurd a unsaroans schwoch —'

So klaubm s' eahm gmüatli sei Sunntagwond o,
und auf d'lest steht der Kampl olsa nockata do.
Und kimmb a, hoaßt's: „Grüaß di! Scha, dos is hiaz gscheit!
und hiaz zohlst wull an Liter auf dei Freigabigkeit —"
Und so wird a Dischgur, wia's schun oft a so geht,
vun selbar oft hanti, ob man will oder net.

Weltlauf

A jeder Stand auf dera Welt
is auf sei rechtes Platzerl gstellt,
auf dem er oarbat, was er konn,
wanns eahm grod Freud macht donn und wonn:
Der Pforra bet't, der Schreiber schimpft,
der Fuahrmann fluacht, der Bader impft,
a jeder Plotzwirt tauft sein Wein
(und schenkt dafür no schlechter ein),
a jeder Bsoffne findt sein Grobm,
wann er a Stünderl Ruah will hobm,
a jeder Schula hat sei Heft,
a jeder Bettler mocht sei Gschäft,
a jeder Maurer suacht sein Ziagl,
a jeder Durscht'ge laart sei Krüagl,
a jeder Keuschler is geduldi
und bleibb dawal ban Kroma schuldi,
a jeder Bauer setzt sei Hifl,
a jeder Schuasta mocht sein Stiefl,
a jeder Stodtherr find't sein Zug,
a jeder Jager woaß a Lug,
a jedes Deandl hot sein Schotz
und mochtn in der Bettstott Plotz —
so gehts schöa gschmeidi füranond,
wias Brauch holt i ba uns am Lond,
nur i —, wann i möcht Geld ausleichn,
tant ollmitnonda nix dergleichn!

Der Schilcher

Den Schilcher — wann mas recht betrocht —
hot unser Herrgott extra gmocht
nur für 'n Steirer als a Gnod,
daß er zu jeder Stund wos hot,
wia d' Muatamilch a kloana Bua,
z' Mittog, auf d' Nocht und in der Fruah.
Wanns eahm in Winter feindla friart,
so trinkt ern, doß eahm wirmer wird,
und erst in Summer gegn die Hitz
als Mittl gegnan lästan Schwitz.
Er brauchtn, wanns wo lusti sand,
und goar alloan erst gegnan Grant.
Er gfreut eahm, is a Hondl grotn
und bei der Stellung zu d' Suldotn,
und gegns Kranksein hilft er besser
wia jeder Dokter und Professer.
Und muaß oans goar auf Eibiswold,
so geht er zerst in Keller holt
und loßt si nocha liaber gfolln
dos gottverfluachte Steuerzohln.
Und wos d' a onpokst umanond,
es geht dir leichter von der Hond,
ban Koartnspilln, ban Keglscheibm
un bei den hundert Ausweis schreibm.
Und goar erst bei die Weiberleut
bringt Schilcher erst die rechte Freud,
wann ma mit Oana ausredt still,
döi zerst net tuan möcht, wia ma will;
und is scha gfahlt, muaßt goar zua olln
der Hebamm no an Schilcher zohln.
Darum, desholb und derentwegen
is holt der Schilcher recht a Segn.

Sognt a Toal

Sognt a Toal, die Welt waar kuglat,
und vun die gstudiertn Herrn
sasat oft si oana buglat,
bis er's recht kunnt inne wern.
Stimmb! Drum hant die Quelln und Bründl
ar a jeds tolo ihrn Lauf,
obar i mit mein kloan Gründl
bin gottlob mehr obmauf!

Sognt a Toal, as waar no stritti,
wer 'n bessern Schilcha hiat,
der ban intern Wirt waar z'schnitti
und der z'woach ban Kirchnwirt.
Mügla, doß dar intri, dummi,
eahm hot loßn, wia da lauft,
— und da Kirchnwirt, da frummi,
hotn holt mit Weichbrunn tauft.

Sognt a Toal, 's hiat Oana predat
nachtn gegnan Alkohul,
doß da Leib und Sell beschädat,
mochat d' Norrnhäusa vull.
Brav! Mir hobm eh Wein in Kella,
mir hamm Most und Kerschngeist;
z' dumm, wonn Oans 'n lestn Hella
no fürn Alkohul vaschmeißt.

Sognt a Toal, die Weiba waarn
oft ban bessern Ort nix nutz,
tatn nur as Geld vazaarn
und sist ollahond zan Trutz.
Gilt scha! Oba wos willst streitn,
hot di Oani schichti gmocht,
locht s' di an so vun da Seitn:
„Recht host eh — und kimmst auf d' Nocht?"

Toal sogg so, a Toal sogg ondat,
und so host dei haligs Gfrett,
wos ma umfrogg a und wondat,
ma dafrogg's holt ewi net.
So wirst olt, an oarma Teifl
und a kloavazwickta Lopp,
gach bist hin — und bleibst in Zweifl,
wer denn richti recht hot ghobb — —

Dann und wann —

Gegnan lestn Ort Hirst, wann i just dann und wann
ols a Bua noch da Schul dahoam Küah gholtn han,
— die Felder schun oglaart, grod d' Ruabm no draußt,
und die Nepl so dick, daß d' frei die Sunn net daschaust,
und die Alman weit hintn scha kloaweiß vaschniebm,
auf die Ostbama a net a Blattl vabliebm —
is oft auf an Astl, wo's koana daglengt,
weit draußt no a roatgwanglts Apferl wo ghängt,
doß i's grod mit da Goaßl han kleba dawischt
und mir no an Biß vorn Hoamtreibm han gfischt.

Und heut bin i olt — wann i a no net hoart
aufs Scherpassn draußt intas Pforraolm woart —
und dank für jeds Joahr, dos da Herrgott mir schenkt,
wann ma sist a net weita aufs Jungsein mehr denkt.
Oba oft in da Fremd, wann i kirfahrtn tua,
und es locht ma vun weitn a Dirndl so zua
und schaut noch mir um gach, so seltsam und rar,
als wann i a richtiges Mannsbild no waar —,
do juckat's mi bold um an Biß dann und wann,
— wia 's Apferl weit draußt, ehr i hoamtriebm han —.

Mei Lebm

Hiaz hon i mein Lebm scha hüsch ani Joahr
noch da Schneid dahertrogn und waar ban an Hoar
vun an Siebzga net weit und sullt obi ins Tol,
wo so vill scha voran sand
— und do rost i amol.
Do rost i herobm und schau aus in die Weit
noch amol üban Weg, den i gong bin bis heut,
auf die Straßl und Steig und die Platz und die Brünn,
dör i antroffn hon, bis i auffakemm bin.

Do siach i — dos hoaßt, mit die Augn siach i's net,
wal die Zeit wiar a Hoarach scha long drüba steht —,
do siach i so lusti und sauba wia gmolt
an Moarkt mit an Kirchturm — mei liabs Eibiswold!
Und auf oamol hiaz zoagg si's so hell und so kloar,
wia's sistn dahoam za da Weinles oft woar:
mitn Haus und 'n Giebl und 'n Garterl davoar
und a Stroßn vorbei und 'n Hof hintern Toar.
und 'n Stoll mit die Kaiberl und die Apferl am Bam,
wia wonn i ols Schulabua hoam wieda kam.
Und 's Fruahjoahr blüaht drüba, da Summa glonzt auf,
und da Hirbst firbt die Heckn und da Winta schneibb drauf.
Und 's Schneeglöckerlbrockn und 's Haslnußklaubm,
meine Kiniglhosn und Lamperl und Taubm,
und 's Küahholtn, Woazschälln und Goaßlstielschneidn
und 's Deandldaschreckn und 's Stabcrldaleidn
und Oastern, Fronleichnam, Advent — und as Best,
da halani Obmd mitn Christkindl z'lest.
Koa frischcres Bildl so olt ols i bin,
hot da Herrgott no heut in sein Guckkostn drinn.

M e i V o d a ! Koa Furcht hotn druckt oda bogn
und dö stochlblobm Augn hant ihr Leta net glogn.
Fruah auf und spot nieda, wia gschickt woar dö Hond
und wiar flink, wonn sie 's Höserl für d' Ruatn hot gsponnt!

Mei Muatta! Wia guat und wia lusti und gscheit!
„A recht rari Frau", redn heut no die Leut.
Und no heut, wonn i aufdenk, so is ma akrat,
wia wonn i von Weg durch a Kirchtürl trat:
Do hör i koan Lärm und i woaß vun koa Sünd,
olls is wieda guat und so leicht und so lind
wiar a Tröpferl a Weichbrunn, und 's kimmb ma so für,
ols schauat s' von Freithof no nochi noch mir.

Hiaz wird da Weg broata, Wirtshäusa stehn do,
und Fuahrleut und ollahond Leut rostn o.
Obar i hon koa Zeit ghobb, fuataus hot's mi triebm,
— is moncha sei Leta in Wirtshaus vabliebm
oder olsa wo doni, vakummen, valoarn,
oda Knecht oda Herr oda Bedlmann woarn.
Mei Weg woar wul weita da gröbasti net,
oba wia's schan oft is, wonn die Sunn scha hoach steht
und dar Rucksack wird schwaar, dens dar aufglodn host:
do schaust di gern um um a hoamlani Rost.
Und Platzerl zan Rostn waar i ankemman gnua
olli Biat on da Stroßn, do kehrt ma gern zua,
und sitzt a weng nieda und tuat si a weng guat
und schmeckt on an Bleamerl und brockt's fürn Huat:

Die Deandl und Fraunan! — Kreuzsakradi!
Koa Stund is ma load, dör i gsprungg bin um sie.
Do braucht's koani Glosaugn — hon nia oani braucht,
und bin netta glei deratwegn immramol gstraucht —.
Und so lusti und sauba, so frisch und so kloar
siach i heut no vor meina dö hoaglani Woar!
No heut tat's mi lustn um senna wia sist,
hätt i mittlarawal net wos Liabares gwißt:

Mei Weib! — Wonn ma d' rechti hot, red't ma net vill,
und segnt die Stund so recht hoamli und still,
und segnt die Stund, dö mas angfundn hot
und olli die Joahr wiar a hoamlani Gnod.

Und so san ma mitnond unsa Straßl schöa fuat,
und steckt sie ma heut noch a Bleamerl am Huat,
so ruck i 'n hint üba, so grab ols i bin
und jauz a weng auf — obar einwendi drinn!
Und wann mi mei Weg oft schier finsta hot deucht,
ba da Nocht und in Wold und koa Sterndl hot gleucht:
Mei Weib und die Muatta, dö hobm mi gfüaht
schöa still nebm meina und hobm mi ghüat.

Und wos meine Kinna von ihra hant g'irb,
is as bessari Toal, wonn i richti amol stirb.
Oba doß i net lüag und es tat net guat taugn,
wullt a richtiga Voda si selba valaugn:
Die Oarbat, dos Bravsein, die guati Manier
und die Liab und die stilli Treu hant sie von ihr.
Oba 's Lochn und Woan in oan Häferl banond,
und 's Jauzn und Singen und 's Wonnan in Lond
und dos Schaun und dos Zuakehrn in an lustigen Quotier
und a Todsünd, a kloane — immramol — is vun mir!

Oba holtaus! Do waar i mit Plauschn und Lobm
scha richti akratt bei mein Platzerl herobm,
wor i nieda bin gseßn und rostn hon wölln,
und die Sunn waar bold obi vor lauta dazähln.
Die Frau und die Kinna san voraus bereits
und windn a Kranzerl und woartn ban Kreuz.
Und so nimm i mei Kraxn holt wiedarum auf,
is schwaar vulla Sorgn, oba obmauf drauf
ligg a tüchtiga Buschn von helliachti Blüah,
die lustign Stundn noch redlana Müah.
Und so gehmas mitnonda, so longs da Weg weist,
tolo und fuateini, doß 's koans von uns reißt.
Und wonn i donn jo amol hint bleibm muaß,
und da Boanlkromma winkt ma und hobb mi ban Fuaß,
doß i mi recht stoamüada zan Schlofn hinleg,
is heut oda morgn, sie wissn den Weg.

Und so schöan is die Welt und so kloar woar da Tog
und so fröli da Weg, doß i's aussogn net mog;
doß i heut no mein Herrgott woaß Donk olli Stund,
doß da mir so a rechtschoffns Lebm hot vagunnt!

NACHWORT

Die vorstehenden Gedichte sind in der Mundart der Weststeiermark oder, genauer noch, in der des Stubalpengebietes geschrieben, dem ich seit mehr als vierzig Jahren als Arzt diene. Dieser enge Rahmen ließ Zugeständnisse an gemilderte Schreibart zum Zwecke leichterer Lesbarkeit nicht zu. Ich weiß, daß dies manche Bedenken auslösen wird, auch bei Freunden und Kennern des Steirischen, und gerade bei ihnen. Die verweise ich auf die Vorrede, die Peter Rosegger der letzten Ausgabe seiner Gedichtsammlung „Zither und Hackbrett" vom Jahre 1914 vorausschickte. Er sagt: „Was die Mundart anlangt, so ließ ich mich in der ersten Auflage durch die Absicht leiten, meinen Lesern das Lesen und Verstehen recht leicht zu machen. Ich habe mir dafür aber weder den Dank meiner Leser, noch meine eigene Befriedigung eingeheimst. Ein unfertiger oder im Sinne allgemeiner Verständlichkeit populär gemachter Volksdialekt ist endlich nichts weiter als ein verstümmeltes Hochdeutsch und hat für den Philologen und Kulturhistoriker keinen Wert."

Daß meiner Schreibweise Fehler anhaften, weiß ich nur zu gut. Wohl für den größeren Teil darf ich wieder Rosegger anführen, der im gleichen Vorwort „scheinbar widersprechende Abweichungen, die wie Inkonsequenzen aussehen", mit der Beweglichkeit der Mundart nach Ort und Zeit und anderen oft zufälligen Gründen erklärt.

In der Schreibart selbst habe ich nur meinem Ohre vertraut und selbst auf die Gefahr hin, das Wortbild zu erschweren, eine rein phonetische Schreibweise gewählt. Davon konnten mich auch Konrad Mautners kluge Bemerkungen in der Vorrede zu seinen „Liedern und Weisen aus dem steyermärkischen Salzkammergute“ nicht abbringen. Von Graz bis über München hinaus wird meine Schreibart glatt verstanden werden. Und ohne williges Einlesen wird sich keinem der Reiz der Mundart erschließen. Ich erinnere da nur an des großen Klaus Groth schwer aufzulesendes Niederdeutsch im „Quickborn“. Und wenn Rosegger, der Unvergessene, nach reiflichem Prüfen gerade diese Schreibart erwählte, so darf ihm ein Kleiner wohl ruhig folgen, „ob's gfahlt is oder troffn“.

Hans Kloepfer

Worterklärungen

Aarn: Egge
Afikat: Advokat
ahnd tun: erbarmen, bedauern, leid tun
Al, aln: Eile, eilen
also wo doni: sonstwohin(mit der Bedeutung des Heimlichen, auch Unerlaubten)
anheben: anfangen
ankentn: anzünden (z. B. der Tabakpfeife mit dem Feuerstein)
ankommen: anfinden
anreamen: mit Riemen befestigen (Schuhzeug)
aufawolgn: aufwallen
aufentleinen: auftauen
aufrebellen: aufbegehren, rebellieren
aufreideln: aufwinden
Ausheitran: Ausheiterung
ausspeggaliern: ausspekulieren

bakloa: kleinweise, allmählich
Bamhackl: Specht
Bantabruggn: Hochauffahrt in den oberen Teil der Scheune
bas Leanhaschtban fi: am Gehöft des Lenhartbauern vorbei
Beindlstock: Bienenstock
beinln: ausbeinen
Betlärchnbam: Lärche mit einem Wegkreuz
Betn, die: Rosenkranz
Biat, olli Biat: alle Augenblicke, immer wieder
Birg: Gebirg
blängen, blangen, plangen: belangen; verlangen, gelüsten
blattln: den Fieplaut der Rehgeiß mit einem Blatt nachahmen
blochziachn: Bloch ziehen, alter Faschingsbrauch
blow, blowaugat: blau, blauäugig
Boanlkroma: Beindlkrämer, Tod
Boda: Bader, Arzt
bodndiegn: fest auf dem Boden stehend
bol, bols: sobald, sobald es, wenn
boschat: buschig, breit, voll, reichlich
Broatschienawogn: schwerer Lastwagen mit breiten Rädern
Brochn: Brachfeld
Bstattan: Bestattung, Leichenbegängnis, Leichenmahl

bugglat: bucklig
bülln: brüllen, heulen

Christhalan, Christhalanobmd: Heiliger Abend

dahmen: rauchen, dunsten, qualmen (das nasse Schindeldach unter der Sonne)
dalabm, daloabm: erlauben
dalesn: erlesen, ersparen
daraln: ereilen
dawal: derweilen, einstweilen, vorläufig
derreiten: erreiten, ereilen
diegn: gediegen, langsam, bedächtig, zäh, schwerfällig
Dischgur: Diskurs
dolores, lat.: Schmerzen
dongln: dengeln (Sense), klopfen (Schmerz), stechen
donigeahn: zur Seite treten
dossebi: dasselbe
Dreidudla: dreistimmiger Jodler
Dröscherl: Singdrossel
dumpa: dumpf, trübe, dämmerig

Eck: der vorderste Kegel auf der Kegelbahn
Egnst: Ernst
Eichterl: kurze Zeit, Weilchen
Erdruabm: Kartoffel
etlani: etliche
Eulkota: Eulkater, Waldkauz

Fadl: Ferkel
fahln: fehlen
falt: feilt
fechsen: ernten
feichtn: aus Fichtenholz (Sarg)
Feisternitz: Gegend in der südwestlichen Steiermark
Felber: Weide
Fenum grecum: altes Volksheilmittel (Foenum graecum, Bockshorn)
Ferschtna: Förster
ferten: voriges Jahr, vorjährig
Figolin: Violine
Firba: Färber
Flegn: Maiskolbenhüllblätter
Flucka: flüchtiger Augenblick
fodn: fahren
folasch: falsch, trügerisch
Foschan: Fasching
Frauntog, großer: Mariä Himmelfahrt, 15. August
Fruahsti: Frühstück
fuateini: forthinein
Fuattra: Futterknecht, Fütterer
füragspächt: herausspähen, entgegenspähen
Fürta: Fürtuch, Schürze

gaanen: gähnen
Gaberl, der: Übergang ins Murtal, ursprüngliche Form nach dem Namen Gabriel
gach: jäh
Gaden: Haus mit einem einzigen Raum, Werkstätte, Schuppen
Ganggerl: Teufelchen
auf der Gart: strolchen, auf der Wanderschaft
Gasslsprüch: Vierzeiler zur nächtlichen Liebeswerbung
Geimerl: eigentlich Gäumerl, ein kleiner Mund voll
getol: zu Tal
Gezähe: Werkzeug des Berg- und Hüttenmannes

Gfries: Gesicht
Ghog: Gehag, Hecke
giggazn: stottern
glane Zeit: gelegene, geeignete Zeit
gleahn, gleahndani: glühen, glühende (Augen)
gleim: kaum, knapp
glongan: auslangen
Glosaugn: Brillen
glottnt: mit Latten niedergeschlagen
glungazn: läuten, dumpf klingen
glustani: lüstern
gnedi: „genötig", dringlich, eilig
gnüglan: genügsam
godlbittn: zum Taufpaten (Göden) bitten
Goffaschmolz: Kampferschmalz, Volksheilmittel, unguentum camphoratum
Golster-, Galsterwerch: umherziehendes Volk, dann: Lärm, geräuschvolle Unterhaltung, Tanzerei
Gontna: Gestell für die Fässer im Keller
grab, graw, grawerln, Grabschädl: grau, grauen (Morgen), Graukopf
Grammeln: Rückstände beim Auslassen von Schweinefett
Grassi, Grassicht, (Graßschnoattn, ins Grassn foahrn): Nadelholzzweige (zur Streugewinnung) abschlagen
Greanlan: grünglasierter Tonkrug
grechn: geradezu
Grindl, Grintl: Achse beim Pflug oder Welle beim Mühlrad
Gripf: Griff
gröbasti: gröbste
grotasts, grotn: entraten, entbehren
Gsäus: Lärm, Gesause
Gscheidt: Gescheitheit, Wissen
gschlaun: beschleunigen, beeilen; gedeihen
gschmirb: geschmiert, leicht
gschmoch: gemach, bequem
gschneggerlt: kraus, zu Schnecken gedreht (Haar)
gschodati Flüg: gesträubtes Gefieder
gstarr: starr, steif
Gwahdnan: Schneewächten
gwartlt (gewörtelt): mit Worten gestritten
gwichti: gewichtig
gwoahri: gewahrig, aufmerksam
gwogg: gewagt

Hahnfalz: Hahnbalz
hal: glatt
Halan: heilig, Heiliger
hantig: bitter
harben: härmen, ärgern
harmoniespilln: Ziehharmonika spielen
hasn: eben, glatt, fein
häufti: häufig, vielfach
Häuta: bedauernswerter Mensch, arme Haut
hausn: schimpfen
hean: weinen
Hebliad: geistliches Volkslied beim Aufheben des Sarges vor dem Sterbehause

heideln: wiegen
Hemmatstock: Hemdunterteil
Heni: Honig
Herta: Hirte
hiat: hätte
hiaz: jetzt
Hieden: Hörner
Hilf: Medizin, die meist durch einen Boten vom Arzt geholt wird
hisch: ziemlich viel (hübsch)
Hoadrach: Heiderich, Heidekraut
hoaglani Woar: heikle Ware
hoamzuagfodn: heimzu gefahren
Hoarach: Höhenrauch, Dunst
Hoazat: Hochzeit
hoffartan: hoffärtig
Holm: Halbe, halber Startin, altes Weinmaß
Hosnschmolz: Hasenfett
hülzas: hölzernes
humri: hungrig

Immaroana: manch einer
in da Nachant: in der Nähe
in da Toln: im Tal
Inslatnoagl: Unschlittneige, -rest
intan Liegn: im Liegen, im Bette
intas: unter das, unter dem
irbn: erben
Irml: Ärmel
Irta: Erchtag, Dienstag

Jauk: Südwind, Föhn, slaw. jugo
Jesasmaran: Jesus Maria, Verwunderungsruf
jüngstvawichn: unlängst

kalbn: bellen, kläffen
keien: mühen
kentn: zünden
Kestnbam: (echter) Kastanienbaum
Kiniglhosn: Kaninchen
kirfoartn: kirchfahren, wallfahren
Kirta: Kirchtag, Markttag
kleba: wenig, sparsam, kaum
kleckn: genügen, ausreichen
klempern: kränkeln
kleschnaß: patschnaß (daß es klatscht)
kliabn: klieben, spalten
kloadaflickt: vielgeflickt
kloadakemm: gedrückt, erschreckt, von sich gekommen
Kloanfrauntog: Mariä Geburt, 8. September
kloaodraht: schlau, listig
kloarotzi: mit rotziger Nase
kloawunzi: kleinwinzig
Klüftnan: Klüfte, Geklüft
Kolm: Kalb
Koschpl: Küchenabfallwasser, Sautrank
kralln: schmerzen (wie durch Krallen); kriechen
Kranawettkern: Wacholderbeere
Kroma: Krämer
kudern: verhalten lachen
Kumrat: Kamerad
Kupferl: kleiner Koffer
kurznothi: mit kurzem Atem

Las: Geleise, Wagenspur
Lecker: grüner Junge
leicht: vielleicht
Leihkauf versaufn: das Angeld

(anläßlich des Dienstplatzwechsels) vertrinken
Leiwat: Leinwand
lesti, lestn, z'lest: zuletzt, das letzte (Gsperr am Dachstuhl)
zan lestn Ort Hirst: Spätherbst
mei Leta: mein Lebtag
letz: schlecht, krank, übel
Lezolttoagl: Lebzeltteig
lifti: lüftig, leicht, rasch
Loah: Lohn, aber auch Lohe
Loatali: Leiterlein
lodan Sell: lodene, rauhe Seele
Lofntal: Lavanttal in Kärnten
losn: lauern, horchen; wohnen
Lötterl: kleiner Lotter, Mann

Manad: Mond, auch Monat
Mauspeanl (verächtlich): Mausdreck
Meggaza: jäher Schrei (meckern)
Mias: Moos
miasgrean: moosgrün
Milchfoarfala: Milchfarferln, Milchspeise, Mehlknötchen in Milch
Mittergspill: halbe Berghöhe
Moar: Großknecht
moarb: mürbe, schwach
Moda: Marder
Mogn: Magen
Mohda: Mäher
möi?: warum?
Moosbock: Waldkauz, Eulkater
Mosn: Mal, Narbe
müan: müssen
müat na sein: es müßte nur sein
mudln: drehen, drücken, (derb) streicheln, herzen

nachant: in der Nähe
Nagerl: Nelken
namla: nämlich, besonders
Nest: Ernest
Noagerl: Neige, kleiner Rest
noch da Zal: nach der Zeile, reihenweise
Nochiknecht: Knecht, der im Rang nach dem Moar kommt
Nohtarin: Näherin
notnziagn: Atem ziehen, atmen
Nuarsch: Trog
nutzsam: nützlich

Oa: der andere, das andere Ich
Oacherl: Eichkätzchen
oanletzi, Oanletz: einzeln, der Einsame (auf abgelegenem Hof)
Ofl: Eiter
ohulln: abholen
Olebm: Ableben
Ollahalan: Allerheiligen
Ollahalasti: das Allerheiligste
Ollasellnfest: Allerseelenfest
ollizom: alle zusammen
olöschn: ablöschen
Omasn: Ameisen
onnan, onnas: anderen, anderes
ondat: anders
orostn: abrasten
Ost: Obst
ostelln: abstellen, zum Militär ausmustern
Othn: Atem

peinan: peinigen, foltern
pelzn: propfen
peppazn: schnattern, keifen
Peunt: eingezäunter Anger
Pfitschipfal: Pfeil

pfnechn: keuchen, schnauben
Pfoadala gsamt: Pfaidlein, Kinderhemdlein gesäumt
predan, predilosn: predigen, der Predigt zuhören

Rachfonk: Rauchfang
raffn, ausgrafft: raufen, ausgerauft (vom Tode geholt)
rankn: streiten, raufen
ratschn: lärmend auf einen einreden wie mit der Ratsche (Holzklapper)
Rauchkettn: Bremskette
Reach: Reh
Reid: Straßenbiegung, -krümmung
reidln: zusammenschnüren
Reisjaga: Jäger für die niedere Jagd; Hilfsjäger
rern: heulen, weinen
rippln: abreiben
Roa, Roan: Rain
Roatbir: Erdbeere
roatn: raten, rechnen, grübeln
Rodschuach: Radschuh zum Bremsen
roffln: poltern, lärmen
Rorati: Morgenmesse im Advent
ruabi: ruhig
rupfen: grobleinen

Sagla: Säger an einer Brettersäge
Sapperdipix: geminderter Fluch, wie „Sappramentˮ
sasatn: säßen
Schadenhalten: Auftrieb von Vieh in den Grund eines andern zu dessen Schaden
Scheitl: Holzscheit
Scher: Maulwurf
aufs Scherpassn intas Pfarraolm woarten: aufs Grab im Friedhof warten
Schliggn: Schlitten
Schlinga, mocht an: schlenkert den Finger
Schmiß: Peitschenschnurstück, das die Peitsche knallen macht
schmutzn: schmunzeln
schnotzn: zurückbeißen, schnappen
schöantoa: schöntun, loben, schmeicheln
Schores: bäuerlicher Hausname
Schrickerl: kleiner Sprung, Spalte
Schrogn: Schragen
Schula: Schüler
schutt: sollt'
schüttari: lose, dünn, schütter, spärlich
schweppazn: verschütten, vergießen
schwinki: schwingend, elastisch
schwölli: schwül
Sechta: Sechter, Milcheimer
Sell: Seele
sempern: mäkeln, bekritteln
senna: ihnen
siderdem: seither
Siglfesta: Silvester, Altjahrtag, 31. Dezember (der Tag, an dem die Dienstboten „wandernˮ)
sogga: sagt er
sombm: mitsamt dem
spaln: sich widersetzen, wehren
Spektivi: Perspektiv, Fernrohr
sper: kümmerlich, verdrießlich

Sporba: Sperber
Spot: Spat, Hufkrankheit
spot: spät
Stelzn: Unterschenkel (des Schweines und des Kalbes)
ostiern: abstöbern
Stoanoas: Karbunkel, Abszeß, z. B. im Nacken
Stoanoasrobm: Schimpfname auf den „rabenschlechten" Abszeß
Stoanrampm: Steinhang, -rampe
stochlblobm: stahlblauen
stockterisch: stocktaub
strampfn: treten, strampeln
strebern: aus Stroh, strohen (Dach, Bett)
stuckgwegn: starr, fest, unentwegt, geradeaus, haargenau
stückla: steil
suchen (intrans.), sich suchen: eine Fährte verfolgen
Summajohanni: Johannestag am 24. Juni
sündla: gedrückt, traurig, trübselig, ängstlich

Teigl: Teufel; auch: Klumpen
timmeln, tümmeln: schlagen, poltern
terisch: taub
Terz: dreijähriger Ochs
toal: ein Teil
toggatzn: pochen, hämmern
tolo: talab
tratzn: reizen
Träuperl: kleine Traube, Trüpplein
Trempl: Notstall auf der Weide
trenzn: speicheln, geifern
tretnvull: gedrängt voll
Troad: Getreide
Tumpf: Tümpel, tiefe Stelle in fließendem Wasser
tull: toll, viel

übawoahrt: übersehen, nicht gewahrt
übergöllisch: unbedacht, stürmisch
umibetan: betend hinübergehen
unschulanaweis: unschuldigerweise
Urlaubsbollettn: Urlaubsschein

vafluamarisch: verflucht
valousen: auskundschaften, auf welchem Baum der Auerhahn aufsitzt; Verloser: der Mann, der das tut
varramt: verräumt
Vaschiediläutn: Sterbegeläut beim Verscheiden
vazogg: verzagt
Veverl: Genoveva
Vortl, Vortal: Vorteil
Votschberg: Voitsberg

wal: weil
Watschntrumm: gewaltige Ohrfeige
wechen: wehklagen
wehtand: weh, schmerzlich
Weid: freier Platz
Weidjung: Jagdgehilfe
werklspilln: Drehorgel spielen
Wiahr: Wasserwehr
Wiel: Gebirgsdorf in der südwestlichen Steiermark
Wies: Markt und Wallfahrts-

ort in der südwestlichen Steiermark
Wildgjoa: wildes Gejaid, wilde Jagd
Windmuhl: hölzerne Klappermühle, um die Vögel aus den Weingärten zu verscheuchen
wischpln: pfeifen
wixn: hauen, züchtigen
wo: (auch) ob
woarm: warm
woazklaubm: Weizen aufpicken, klauben
woazschälln: Mais schälen (in Gemeinschaftsarbeit)
Wochta: Wächter
woglat: wackelnd
wolgn: wallen, sich wälzen, walgen
wonnan: wandern
wuisln: jammern
wultatas: wohltätiges
wultern, wulter: ziemlich, beträchtlich
wunnaliabs: wunderliebes
würfli: schwindlig
wuschn: rasch schütten

Zacha: Zähre, Träne
Zechnar: Zehnguldennote
Ziefer: Ungeziefer, Unhold
zimbs: es scheint
zlaucht: gebläht, aufgetrieben, aufgeblasen
znagst: zunächst, unlängst
zniacht: schlecht, nichtig
Zoggl: Holzschuh
zohnata: zahnend
zreckn: zerrecken, stampfen
Züglbua: Ziehkind
Zweschban: Zwetschkenschnaps, Slibowitz
zwiagazn: zwitschern (Schwalbe), singen (Grille)
zwögn wöi: wegen was, weshalb
Zwöllma: Riedname in der Stubalpe

Inhaltsverzeichnis

Joahrlauf

Gedichte in steirischer Mundart

Joahrlauf

Feierobmd